신화의 전장

dream
books
드림북스

신화의 전장 17

초판 1쇄 인쇄 2021년 4월 7일
초판 1쇄 발행 2021년 4월 21일

지은이 박정수
발행인 오영배
편집 편집부
일러스트 액저
본문 디자인 오정인
제작 조하늬

펴낸 곳 (주)삼양출판사 · 드림북스
주소 서울시 강북구 도봉로 173
대표 전화 02-980-2112 팩스 02-983-0660
편집부 전화 02-987-9393 팩스 02-980-2115
블로그 blog.naver.com/dreambookss
출판등록 1999년 3월 11일 제9-00046호

ISBN 979-11-283-7005-2 (04810) / 979-11-283-9403-4 (세트)

드림북스는 (주)삼양출판사의 판타지 · 무협 문학 브랜드입니다.

신화의 전장

17

박정수 현대 판타지 장편소설

MODERN FANTASY STORY & ADVENTURE

dream
books
드림북스

목 차

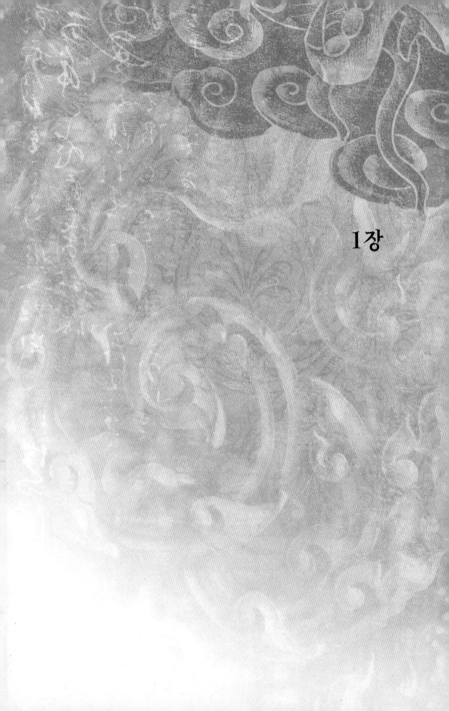

1장

"어떻게 되고 있나?"

북천단 단주 고흥이 옆으로 따라붙은 내부단주 양만강에게 물었다.

"현재로는 알 수 없습니다."

"CCTV라도 열면 알 수 있을 거 아니야."

"주변 모든 전자기기가 먹통입니다."

"……!"

고흥의 발걸음이 순간 늘어졌다.

그에 양만강도 걸음을 늦춰 고흥의 속도에 발을 맞췄다.

"혹시?"

"십중팔구, 도술일 겁니다."

"도술이라면."

"무당파의 것이겠지요."

"쯧."

양만강의 말에 고흥이 마음에 안 든다는 듯 나직하게 혀를 찼다.

"차라리 진작 터트리고 시작할 것이지. 망할 놈들!"

없었다면 모를까, 있으면서도 쓰지 않고 이 사달을 만든 5금강 교건화를 떠올리자 고흥은 절로 이가 빡빡 갈렸다.

"명문 무가 놈들이 다 그렇지 않습니까?"

"명문은 무슨! 흥!"

고흥은 콧방귀를 뀌었다.

"언제 적 명문을."

고흥은 오랜 시간 무림에 군림해온 소림사, 무당파, 화산파에 대해 상당한 적개심을 드러냈다.

"우리 천지문(天地門)도 그에 못지않아!"

천지문은 삼합회 창립 문파로서의 정통성을 내세웠다.

하지만 고흥도 안다.

전통성을 내세웠지만, 뿌리가 없음을.

왜냐하면 천지문은 삼류문파부터 해서 일인전승까지, 과

거 구파일방, 오대세가로 대변되던 대문파를 제외한 이들이 모여 만든 문파였으니까.

솔직히 엄밀히 따지면 문파도 아니었다.

일종의 연합체의 성격에 가까웠으니까.

사실 지금도 각자 천지문의 이름을 달고 활동하지만, 실은 각자도생에 가까웠다.

천지문은 곧 삼합회의 한 축이었기에.

즉, 천지문은 뿌리와 줄기가 없이 가지만 무성한 식물이었다.

"제길!"

맞장구도, 그렇다고 부정도 할 수 없었던 양만강이 어색한 웃음으로 애매하게 화답하자, 고흥은 애꿎은 허공을 바라보며 탓했다.

"안다, 알아. 뭘 그렇게 대놓고 표정을 지어?"

"그리 표 났습니까?"

양만강은 손으로 마른세수를 했다.

"일단 가자."

고흥은 멈췄던 걸음을 다시 내디뎠다.

그 뒤로 십여 명의 북천단이 다시 빠르게 침사추이로 향했다.

푸학!

교건화의 가슴이 갈라지며 핏물이 튀었다.

가슴뼈가 훤히 드러날 정도로 깊게 베인 교건화는 휘청거리다가 바닥에 허물어지듯 주저앉았다.

"후욱― 후욱―."

정신을 놓았다가는 자칫 의식을 잃을까 봐 호흡에 집중하며 힘겹게 고개를 들고자 했다.

하지만 고개는 쉽게 들리지 않았다.

그 이유는 기력이 다해서였다.

기력이 다한 이유는 단전이 깨진 탓이었고.

"크르르르."

그런 그의 귀로 낮은 울음이 들려왔다.

그 울음에 정신이 바싹 차려졌다. 동시에 자꾸 감기는 눈꺼풀에 힘을 줘 바짝 치켜떴다.

아니나 다를까.

울음이 가까워진 것을 증명이라도 하려는 듯 눈앞에 하얀 털로 뒤덮인 발이 다가와 섰다.

"후욱―, 흐읍―, 후우!"

교건화는 가슴이 부풀 정도로 크게 숨을 들이켜 기력을

끌어올린 후 아래로 떨어지는 고개를 들었다.

"크르르르르."

백호의 얼굴이 보였다.

"……산해경."

교건화의 얼굴이 턱턱 흔들리더니 다시 바닥으로 툭 떨어졌다.

"시익— 시익—."

숨소리는 좀 더 가늘어졌다.

그리고 다시 백호의 하얀 발이 눈에 들어왔다.

그 발이 눈높이로 올라오는가 싶더니 자신의 가슴을 툭 밀었다.

교건화의 몸은 힘없이 바닥에 뉘여졌다.

"짐승 새끼들이, 감히…… 쿨럭!"

교건화는 허우적거리듯 손을 뻗어 박현의 종아리 인근의 털을 움켜잡았다.

"쿨럭, 크크크!"

교건화는 피와 함께 웃음을 토해냈다.

회색빛처럼 죽어가는 눈빛에 갑자기 기광이 들어섰다.

교건화가 내뿜은 은은한 금빛 항마의 내력이 아니었다. 짙은 녹색이었다.

그건 그가 쌓은, 그리고 부서진 내공이 아니었다.

선천지기(先天之氣).

인간이 가지고 태어난 생명력.

그 마지막 불꽃을 태운 것이었다.

깨진 단전에 선천지기를 태워 채웠다. 그리고 그 힘을 손으로 뻗었다.

정확히는 그가 끼고 있는 두툼한 철반지였다.

착!

내력이 철반지에 주입되자 반지에서 자그만 침이 튀어나왔다.

"하……."

나름 기합을 터트린다고 터트렸지만 풍선에 바람이 새듯 그의 기합은 시익— 샜다.

하지만 박현의 발목을 움켜잡고 있던 손아귀의 힘은 아니었다.

그는 박현도 깜짝 놀랄 정도로 강하게 더욱 발목을 움켜잡으며 반지의 침을 살갗 안으로 찔러넣었다.

틱—

결국 교건화의 바람대로 침은 박현의 살갗을 뚫고 안으로 파고들었다.

그리고.

휘청—

순간 박현은 현기증이라도 느낀 것처럼 몸을 비틀거렸다.

"크크크, 쿨럭. 푸하…… 쿨럭, 하하하!"

그 모습에 교건화는 털썩 바닥에 드러누우며 웃음을 터트렸다.

그리고 천천히 무너질 백호를 쳐다보았다.

눈꺼풀이 감기려 했지만, 그는 사력을 다해 눈을 치켜떴다.

그도 안다.

몸은 만신창이가 되었고, 단전도 깨졌다.

그로 인해 평생 쌓아둔 내공도 사라졌다.

그리고.

마지막 불꽃마저 태워버렸다.

그렇기에 이제 눈이 감기면 자신이 죽는다는 것을 잘 알고 있었다.

그렇기에 다가오는 죽음의 섭리를 거부하며 눈을 뜨고 있었던 것이었다.

그 이유는 단 하나.

빌어먹을, 찢어 죽여도 시원찮을 저 산해경의 짐승이 죽는 것을 보기 위함이었다.

반지에 담긴 독은 수백 수천의 인간들뿐만 아니라 천외천의 신도 죽일 수 있을 정도로 강력한 독이…….

'독이…….'

독인데.

휘청거리던 백호가 갑자기 씨익 웃으며 몸을 반듯하게 세우는 게 아닌가.

"……!"

그때 교건화의 머릿속을 스치는 무엇 하나.

의식이 사그라지는데 그 순간만큼은 이상하리만큼 머리가 맑았다.

회광반조(回光返照).

하지만 교건화는 죽음에 앞서 마지막 빛도 깨닫지 못했다.

"아니다! 그럴 리가……."

『뭐가 그럴 리가 없지?』

"그럴 리가…… 없다!"

교건화는 눈을 부릅뜬 채 소리쳤다.

그 외침은 박현을 향한 것이기도 했지만, 9할 이상은 자신을 향한 것이었다.

절대지독이라 해도 죽일 수 없는 이는 단둘.

인간의 극(極), 등선(登仙)을 앞둔 생사경(生死境).

그리고, 산해경 천외천의 천외천인 절대좌의 신.

"서, 설마."

그제야 교건화의 눈에 박현의 하얀 털이 눈에 들어왔다.

그리고 호랑이.

합쳐서.

하얀 호랑이, 백호(白虎).

고대 천하를 지배한 사방신 중 하나.

죽은 황룡처럼 잊혀진 신.

"어찌……."

새하얀 한지에 묻은 먹물이 시간을 거스르며 지워지듯 검은 독의 기운이 박현의 손가락으로 모여들었다.

그리고 손톱에 한 방울의 검은 독이 몽글 맺혔다.

톡—

그 독은 아래로 떨어졌다.

그리고 교건화의 눈앞에서 멈췄다.

"누구냐? 너는 누구냐?"

교건화는 이제는 잘 움직이지도 않는 폐부를 쥐어짜내며 물었다.

『백호.』

"시익—, 그걸, 쿨럭."

묻는 게 아니지 않느냐는 눈빛.

『복수. 복수를 꿈꾸는 유복자라고 해두지.』

"……복수?"

교건화는 힘겹게 반문했다.

『그대는 그 씨앗이 될 거다.』

"……."

『억울해하지 마라. 그대들이 짊어진 원죄이니.』

"……?"

『아버지의 죽음에 한 팔 거들었던 그대들의 선조가 저지른 죄.』

박현은 말을 하다 말고 고개를 살짝 돌렸다.

『시간이 다 되었군.』

박현은 다시 교건화를 내려다보았다.

툭!

독물이 교건화의 입 안으로 떨어졌다.

"끄아아아아악!"

독이 그의 몸을 잠식하자 교건화는 지독한 비명을 내지르며 괴로움에 몸부림쳤다.

팟!

그리고 박현이 그 자리에서 사라졌다.

이어 교건화의 몸이 축 늘어졌고.

휘이익— 척!

십여 명의 북천문 무인들이 교건화 주위로 내려섰다.

"멈춰!"

단원 하나가 교건화의 죽음을 확인하기 위해 손을 가져
가려 하자 고흥이 그를 말렸다.

고흥이 그를 뒤로 밀어내며 교건화 앞으로 다가가 검집
으로 그의 몸을 툭툭 쳐 살폈다.

그리고 침이 툭 튀어나온 반지를 발견했다.

"역시."

"……?"

"살신독(殺神毒)이로군."

고흥은 고개를 들었다.

"멀리 가지 못했을 것이다! 찾아라!"

"명!"

"명!"

북천단 무인들은 일제히 사방으로 흩어졌다.

* * *

원탁에 다섯 명의 중장년들이 자리하고 있었다.

삼합회를 이끌어가는 다섯 상방의 방주들이었다.

다섯 상방의 방주들 가운데, 실질적인 삼합회의 수장인
외각룡, 사룡방, 14K의 방주들이 매서운 눈으로 죽련방 북
주를 향해 노골적인 불편함을 드러내고 있었다.

사각― 사각―

그리고 나머지 한 명.

사해방 방주는 아무런 관심이 없다는 듯 단도로 손톱을 깎고 있었다.

"이봐, 당철중이."

그런 사해방 방주, 당철중이 불편한 듯 14K 방주 대력왕(大力王)이 눈살을 찌푸렸다.

"뭐?"

당철중은 그런 대력왕을 바라보며 씨익 웃으며 일부러 손톱을 깎았다.

핑!

잘린 손톱은 암기처럼 대력왕의 눈동자로 날아갔다.

턱!

대력왕은 눈으로 날아온 손톱을 손등으로 쳐냈다.

"죽고 잡냐?"

대력왕이 으르렁거리자.

휘릭― 턱! 휘릭― 턱!

당철중은 단도를 허공에 가볍게 던져 잡으며 비릿하게 웃었다.

"안 그래도 곧 당가 시조의 명일(命日)인데, 오랜만에 소 대가리를 올려볼까?"

쾅!

그에 발끈한 대력왕은 탁자를 주먹으로 내려쳤다.

우지끈— 우당탕탕탕!

탁자는 반으로 부서지며 주저앉았다.

"이 새끼가!"

대력왕.

그는 우마왕(牛魔王)[1]의 후손이었다.

또한 우마왕은 소들의 왕.

왕 중의 왕이었다.

턱!

당철중은 순간 눈빛을 차갑게 가라앉히며 단도를 움켜잡았다.

"진정하시게, 대력. 당 형도 자중하시고."

외각룡 룡주 금거산이 둘을 말렸다.

푸근한 몸집답게 부처상처럼 부드러운 표정으로 종을 울렸다.

그러자 몇몇 인물들이 안으로 들어와 재빨리 부서진 원탁을 치우고, 똑같이 생긴 원탁을 가져왔다.

그리고 똑같은 다과상이 차려졌다.

"큼!"

대력왕은 불편함을.

"훗!"

당철중은 코웃음을 치며 자리에 앉았다.

"과연 상해 제일 금력, 금 형이오."

자리가 불편해지자, 사룡방 방주 뇌공(雷公)[2]이 분위기를 부드럽게 만들기 위해 가벼운 농을 건넸다.

"아니들 그렇소?"

뇌공이 대력왕과 당철중을 빤히 쳐다보았다.

"만금장(萬金莊)은 전설이었지. 그 전설이 어디 갈까?"

칭찬처럼 들리지만 어딘가 꼬이고 가시가 돋친 말에 뇌공이 당철중을 노려보았다.

"이보게, 당 형."

"흥!"

당철중은 그 눈빛을 무시하며 고개를 돌렸다.

"쯧."

뇌공은 혀를 찼다.

"적당히 하시오. 여기는 상방의 회합이니."

뇌공은 확실한 경고를 날렸다.

"어쨌든."

뇌공은 분위기를 정리한 뒤 죽련방 북주 단우백을 쳐다보았다.

"단 북주."

"내 면목이 없소이다."

단우백은 나머지 네 상방 방주들에게 사과를 건넸다.

"수습도 수습이지만."

뇌공의 눈빛이 차가워졌다.

"소림에게도 죄를 물어야 하지 않겠소?"

"단 북주가 잘도 묻겠소이다."

당철중이 이죽거렸다.

하지만 이번에는 누구도 그 이죽거림에 딴지를 걸지 않았다.

"아니!"

단우백이 크지는 않지만 강한 어조로 입을 열었다.

"물을 참이오."

"호오!"

당철중이 어인 일이냐는 듯 단우백을 쳐다보았다.

"사고를 쳤으면 책임을 져야지."

"어찌 말이오?"

당철중이 흥미로운 눈빛을 띠었다.

"솔직히 본방의 힘만으로는 힘이 드오. 그래서 여러분들이 손을 거들어 주셔야겠소."

"……?"

"훗."

"흠."

다들 흥미로운 반응을 보였다.

"소림의 방장, 그를 삼합회 상벌 위원회에 세울 생각이
오. 공식적으로 그를 부르려 하오."

                    *   *   *

"오케이! 컷!"

건물 옥상에서 외침이 터지자, 골목길에서 서른 남짓한
사내들이 우르르 모습을 드러냈다.

"수고하셨습니다!"

"수고하셨습니다!"

재빨리 주변을 정리하기 시작했다.

북천단 외단이 재빨리 주변을 정리하기 시작할 때쯤이었다.

사방으로 흩어졌던 내단의 단원들이 고흥 곁으로 다시
모여들었다.

"어찌 되었나?"

"흔적을 찾을 수 없었습니다."

"흔적을 찾을 수 없다?"

고흥이 미간을 좁히며 물었다.

"아마 서방의 마법을 이용해 공간 이동을 한 것 같습니다."

"쯧."

고흥이 얼굴을 찌푸리며 혀를 찼다.

"주변 전자기기도 모두 먹통입니다."

용의자를 특정할 수 없다는 뜻.

그때 외부단주 섭대곡이 올라왔다.

"무슨 일인가?"

아직 현장을 한창 정리하기에도 바쁠 터.

"특이점이 있습니다."

"특이점?"

"소림의 5금강을 상대했던 이가 거대한 호랑이로 변신했다 합니다."

"호랑이?"

"호족일 듯합니다."

고흥의 미간이 다시 찌푸려졌다.

"그런데……."

"말해."

"그 색이 하얗다 합니다."

"하얗다? 그러면 백호?"

고흥의 물음에 섭대곡이 고개를 끄덕였다.

"백호, 백호라."

고흥의 눈매가 가늘어졌다.

"섭 부단주."

"예."

"그대는 그 백호를 중심으로 수소문해 봐."

"명."

섭대곡이 아래로 내려가고.

"우리는 5금강의 흔적을 쫓는다."

"명!"

고흥은 북천단을 이끌고 현장에서 빠져나갔다.

＊　　＊　　＊

조방 방주실에서 왕방호가 박현을 기다리고 있었다.

"왔나?"

박현은 가벼운 인사를 건네며 상석에 앉았다.

"왕대인입니다."

그는 마치 박현을 처음 만난다는 듯 허리를 깊게 숙이며 자신을 인사했다.

"왕대인?"

"하오문입니다."

왕방호는 고개를 들어 씨익 웃어 보였다.

"그대는 참으로 여러 이름으로 살아가는군."

"그런가요?"

왕방호는 묘한 웃음을 띠었다.

"어쨌든 이렇게 본인을 찾아왔다는 건, 전할 말이 있다는 거겠지?"

"죽련방에서 소림의 흔적을 쫓고 있습니다."

"소림의 흔적?"

"홍콩에 들어온 5금강과 나한들이지만 정확히는 암호 님의 뒤를 쫓는 것이겠지요."

자신을 추정할 수 없으니 그들의 흔적을 통해 쫓으려는 모양이었다.

예상했던 바이기도 하고.

"어찌할까요?"

"지울 수 있고?"

"조방과 소림과의 흔적만 숨기면 죽련방도 더 이상 암호 님을 찾아낼 수 없을 겁니다."

"그걸로는 부족해."

"무얼 원하시옵니까?"

"혼란."

"혼란이라……."

왕방호는 잠시 턱을 쓰다듬었다.

"사해방과 연관을 지어보겠습니다."

"사해방?"

"사해방과 소림은 사이가 안 좋습니다. 철천지원수 사이죠."

박현이 고개를 끄덕였다.

"그 하나만으로 죽련방은 정신을 못 차릴 겁니다."

왕방호가 입꼬리를 말아올렸다.

"알아서 처리해. 명심할 건 본인과 조방의 흔적은 남기지 마."

"여부가 있겠습니까?"

왕방호는 허리를 숙였다.

그때 문기척 소리와 함께 낯선 사내가 안으로 들어와 왕방호에게 뭔가 속삭였다.

"호텔로 북천단이 찾아왔다는군요."

왕방호가 박현을 향해 허리를 숙였다.

"그럼 저는 이만."

왕방호가 조용히 사무실을 나갔다.

"우리는 우짤 거야?"

서기원이 물었다.

"밥이나 먹으러 가자."

박현과 조완희, 서기원도 자리에서 일어났다.

*용어

1) 우마왕(牛魔王): 중국 고전 소설 서유기에 나오는 요괴. 서유기의 오래된 판본 중에는 우마왕을 대력왕이라 지칭되어 있기도 하다. 해서 우마왕의 후손은 대력왕이라는 이름을 물려받는다 설정하였다.

2) 뇌공(雷公): 뇌공신(雷公神), 천둥과 번개를 다스리는 신이다. 문헌에 따라 다르나 북 혹은 배를 북처럼 울려 천둥과 번개를 내려친다 한다. 처음에는 그 모습이 용이었으나 시대가 흐르면서 여인상을 띠었다가 최종적으로 남성의 모습으로 정착이 되었다. 하여 이름에 공(公)이 붙어 뇌공이 되었다.

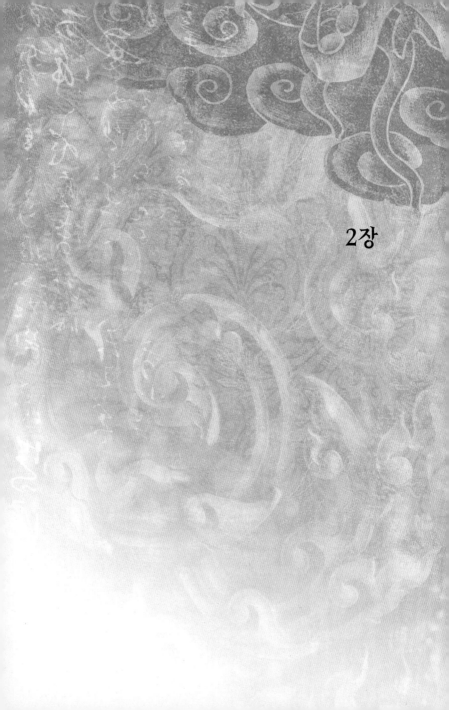

2장

쾅!

원목 책상이 한 주먹에 부서졌다.

"뭐라?"

소림사 방장 양호는 분노를 주체하지 못하고 살기를 뿜어댔다.

"진정하십시오."

그에 1금강이자 수좌 금강인 육홍이 일단 양호의 흥분을 가라앉히려 노력했다.

"후우—."

양호는 긴 숨을 토해내며 의자에 털썩 앉았다.

"단우백, 그놈이 나를 상벌 위원회에 올렸다고 했나?"

"예, 방장."

"훗!"

코웃음이 절로 튀어나왔다.

"푸하하하하하!"

코웃음은 이내 큰 웃음으로 바뀌었다.

"이 새끼, 그 자리가 진짜 무림맹 자리인 줄 아는 모양이군."

"하지만 방장."

"……?"

"그렇다고 여기든 말든. 상벌위원회는 단 북주 혼자 독단적으로 열 수 있는 게 아닙니다."

육홍의 말에 양호의 표정이 구겨졌다.

"지금 사해방 방주가 당가 놈이지?"

"예."

"그놈이 필시 동조했겠군."

구파였던 소림사, 무당파, 화산파와 무림세가였던 남궁세가와 사천당가, 거기에 일방이었던 개방의 사이는 현재 최악이었다.

서로가 배신자라 칭하며 적대시하고 있었던 까닭이었다.

"쯧."

양호는 나직하게 혀를 찼다.

"단가 놈이 당가 놈의 손에 놀아나고 있는 모양이군."

"꼭 그렇지만도 않을 겁니다."

"……?"

"당 방주도 단 북주를 그다지 좋아하지 않습니다."

"하긴 당가 놈도 뼛속까지 명문이니."

"……."

"흥! 적의 적은 아군이라는 건가?"

"오월동주 아니겠습니까?"

"흥!"

양호는 가당찮은 듯 코웃음을 쳤다.

"거기에 다른 방주들 역시 방관하는 자세일 테고."

양호는 육홍을 쳐다보았다.

"굳이 가야 할 필요가 있을까?"

양호가 조소를 머금으며 물었다.

"굳이 그들의 장단을 맞춰줄 이유야 없겠지요. 제가 다녀오겠습니다."

육홍도 그에 맞춰 입꼬리를 말아 올렸다.

"바람 쐰다 여기고, 나한 서넛 데리고 다녀와."

"예, 방장!"

육홍이 허리를 숙였다.

* * *

"이거."

박현은 앞에 앉아 있는 살막의 홍콩 지점장을 마주한 뒤 팔짱을 끼며 등받이에 몸을 기댔다.

"왕 대백(大伯)[1]입니다."

사람 좋게 웃으며 인사하는 이는 왕방호였다.

"그대는 참."

박현은 헛웃음을 터트렸다.

"그대도 본인을 모르는 거겠지?"

그런 웃음에도 왕방호는 그저 몇 차례 눈을 껌뻑이더니 입가에 포근한 미소를 지을 뿐이었다.

"좋아."

박현은 무릎을 탁 치며 다시 몸을 반듯하게 세웠다.

"본인은 상관없는 부분이지."

박현은 오히려 몸을 그에게로 가져갔다.

"본인이 원하는 바만 주면 돼."

"무엇인지요?"

"소림사에서 1금강이 움직였다지? 나한 넷과 함께."

"그렇다고 하더군요."

그는 마치 말을 전해 들었다는 듯 고개를 끄덕였다.

박현은 순간 피식 실소가 목구멍을 타고 올라왔지만 모른 척 꾹 삼켰다.

"그들을 쳐야겠어."

"나한은 가능하나 1금강은 쉽지 않습니다."

왕방호의 표정은 심각하게 변했다.

"그 정도는 안 바랐어."

"그 말씀은?"

"대신."

박현은 왕방호를 지그시 바라보았다.

강렬한 눈빛에 왕방호는 저도 모르게 마른침을 삼켰다.

"나한 넷은 무조건 죽여. 알겠나?"

박현의 명령에 왕방호는 고개를 끄덕였다.

*　　　*　　　*

"괜찮겠어?"

조완희가 걱정 어린 목소리로 물었다.

"뭘 걱정이나 하고 그래야?"

서기원이 엉덩이로 조완희를 옆으로 툭 쳐 밀어냈다.

"근데 우리 언제 도원결의를 해야?"

"하긴 얼른 합쳐야지."

조완희도 수긍하는 듯 추임새를 넣었다.

"이 일 끝나면 그때 하자. 더는 늦출 수 없으니까."

"아싸야!"

서기원은 두 주먹을 불끈 쥐고 양팔을 들어 흥에 겨워하며 소리쳤다.

그 모습에 조완희의 눈매가 가늘어졌다.

이상하리만큼 좋아해도 너무 좋아하는 게 아닌가?

분명 뭔가가 있는 게 틀림없었다.

"야!"

조완희는 그런 서기원의 엉덩이를 발로 밀었다.

"좋은 말 할 때 불어."

"뭐, 뭐를야?"

"도원결의. 그리고 합방. 무슨 꿍꿍이야?"

"꾸, 꿍꿍이 말이어야?"

"그래."

조완희의 눈매가 가늘어졌다.

그 안에 감춰진 눈빛은 서늘하게 반짝였다.

"없어야."

서기원은 고개를 슬그머니 돌려 그 눈빛을 피했다.

"좋은 말로 할 때 그냥 말해라."

하지만 조완희는 그런 서기원의 어깨에 손을 얹는 것으로도 모자라 손아귀에 힘을 줘 꽉 쥐며 물었다.

"나는."

"나는?"

"그냥……."

서기원은 눈물을 글썽이며 조완희를 바라보았다.

"제사상에 올라갈 돼지머리가 먹고 싶었을 뿐이어야."

"뭐? 돼, 돼지머리?"

"의외로 고량주에 편육이 기가 막히게 잘 어울려야."

퍽!

조완희는 애처롭게 눈물을 글썽이는 서기원의 엉덩이를 발로 걷어찼다.

"으이구, 화상아!"

"내가!"

서기원이 고개를 돌려 소리를 버럭 질렀다.

"내가 뭘 그리 잘못했다고 그래야!"

그의 울음은 처절했다.

"잘못했네."

최길성이 말했다.

"잘못했네."

비형랑도 말했다.

"그리 안 봤는데."

마침 함께 자리한 이선화도 말했다.

"잘못한 겁……니까?"

이 상황을 잘 모르는 황헌이 물었다.

툭.

그러자 하붕거가 조용히 황헌의 팔뚝을 툭 쳤다.

"아! 잘못했구나."

황헌도 납득했고.

"잘못한 거구나."

"잘못한 거구나."

그에 당연히 주유와 곽상천, 백무량도 수긍했다.

"내, 내가 잘못한 거냐?"

조완희가 당황하며 박현을 쳐다보았다.

"인생은 다수결 아니겠나? 네가 잘못했어."

박현은 어깨를 으쓱 들어올렸다.

*　　　*　　　*

홍콩 사틴[沙田]역.

심천을 통해 홍콩에 들어선 1금강 육홍과 나한 넷은 조용한 주택가로 들어섰다.

그리고 안가(安家)라면 안가인 허름한 고층 아파트로 들어갔다.

페인트도 벗겨지고, 구석구석 허물어진 아파트였지만, 육홍과 나한이 들어선 아파트는 놀랍게도 화려한 고급 인테리어를 자랑하고 있었다.

홍콩의 여느 서민 아파트가 그렇듯 외부에 보기에는 작디작은 아파트였지만, 위아래로 뚫은 아파트는 어지간한 대형 고급 아파트 못지않았다.

"너희들은 아래층에서 쉬도록."

"예, 수좌."

"예, 수좌."

나한들은 내부 계단을 통해 아래층 내려갔고, 육홍은 위층으로 올라갔다.

마치 개미굴처럼 위아래로 구불구불하게 뚫은 건 외부의 시선을 피하기 위함이었다.

불편하기 그지없는 동선이었지만, 육홍은 오히려 이런 구조가 마음에 들었다.

위층으로 올라간 육홍은 익숙하게 방을 찾아갔다.

그리고 밤이 깊었다.

인근 식당에서 반주를 곁들여 한 상 거하게 먹은 육홍이 침대에 누워 기분 좋은 잠을 막 청할 때였다.

오싹—

섬뜩한 기운이 그의 몸을 희미하게 스치고 지나갔다.

기분 좋게 눈을 감았던 육홍은 날카로운 눈빛을 발하며 천천히 눈을 떴다.

그리고는 천천히 침대에서 몸을 일으켰다.

두둑— 두둑—

목과 어깨를 꺾어 굳어진 몸을 풀며 자리에서 일어났다.

오싹—

착각이 아니었다.

의도된 살기.

도전장이리라.

순간 얼굴이 굳어졌다.

'……!'

5금강, 교건화의 죽음.

'그놈이다!'

홍콩을 전부 뒤져서라도 찾아야 할 놈이 제 발로 찾아왔다.

다시금 몸을 스치고 지나가는 기운에 육홍은 비릿한 웃음을 지으며 살기가 넘어온 창문을 향해 고개를 돌렸다.

"……!"

하지만 창문 쪽에는 아무도 없었다.

그리고 창문 쪽에서 자신을 꿰뚫고 지나간 살기가 등을 덮쳤다.

육홍은 재빨리 몸을 틀어 등 뒤를 쳐다보았다.

방문 앞.

한 사내가 서 있었다.

호랑이 가면을 쓴, 사내가.

"윽!"

"컥!"

동시에 희미한 비명이 그의 귀를 파고들었다.

그건 바로 나한들의 단말마였다.

"선물은 마음에 드는가?"

박현의 말에 육홍의 비릿한 웃음기는 와장창 깨졌다.

*　　　*　　　*

똑똑.

박현이 기대고 있던 문에서 기척이 들렸다.

"선물이 도착한 모양이군."

끼익—

박현이 방문을 열자 수급 네 개가 방 안으로 툭 던져졌다.

수급 둘은 고통조차 느끼지 못한 듯 평온한 얼굴이었고, 나머지 둘은 살수를 느낀 듯 화들짝 놀란 얼굴을 하고 있었다.

"……살막인가?"

육홍은 눈을 시퍼렇게 뜨며 물었다.

"그게 중요한가?"

박현이 문을 닫으며 물었다.

"중요하지."

"중요하다?"

"그래야 전부 죽여 버리지. 아니 그런가?"

팡!

육홍은 말을 마치는 동시에 진각을 밟으며 박현에게로 몸을 날리며 주먹을 내질렀다.

턱—

박현은 고개를 옆으로 젖히며 발을 뻗어 육홍의 허벅지를 밀어 그의 압박을 멈춰 세웠다.

쾅!

주먹이 뻗은 뒤로 두꺼운 방문이 부서져 나갔다.

권기(拳氣)였다.

"과연 소림은 소림이라는 건가?"

가벼운 주먹질에도 기운이 실려 있었다.

그렇게 둘은 얼굴을 지척에 두고 눈빛을 부딪혔다.

그리고.

팡! 팡!

누가 먼저라고 할 것 없이 동시에 둘이 움직였다.

육홍은 몸을 크게 돌며 박현의 주먹으로 가슴을 노렸고, 그에 박현은 위빙으로 주먹을 피하며 스트레이트를 날렸다.

서로의 주먹을 피한 둘은 동시에 서로의 얼굴을 향해 발을 차올렸다.

콰앙!

두 발이 서로 엉키며 파음을 만들어냈다.

내력의 반발이 생각 이상이었던지 육홍의 눈가가 꿈틀거렸다.

"제법이지?"

"흥!"

박현의 말에 육홍은 코웃음을 치며 뒤로 물러났다.

"이제부터 더 재미있을 거야."

박현은 가볍게 몸을 튕기며 육홍을 향해 거리를 좁혀갔다.

　　　　　*　　　　*　　　　*

"뭐?"

단우백 북주는 외부단주 섭대곡의 보고에 낯을 찡그렸다.

"1금강이 와?"

"예, 북주."

"오만하기 그지없군."

단우백은 안경을 벗어 책상 위에 던지듯 내려놓으며 손으로 눈가를 비볐다.

"어디 하루 이틀 일이겠습니까?"

고흥이 이죽거렸다.

"1금강이 왔다."

단우백이 섭대곡을 쳐다보았다.

"이 일의 책임을 우리에게서 찾으려는 게 분명합니다."

섭대곡의 말에 단우백이 고개를 끄덕였다.

자신의 생각 또한 그랬으니까.

"만약 그렇다면 좌시할 문제가 아닙니다."

고흥이 콧바람을 훅 불며 불쾌감을 표했다.

"당 방주도 힘을 실어줄 터이니, 이 기회에 한번 밟아버리는 게 어떻겠습니까?"

섭대곡도 고흥의 말에 힘을 실어주었다.

그에 단우백의 고민이 깊어질 때였다.

똑똑.

"무슨 일이냐?"

단우백의 말에 한 사내가 조심스럽게 안으로 들어왔다.

그리고 섭대곡에게 무언가 속삭이며 쪽지를 건넸다.

섭대곡은 눈을 반짝이며 쪽지를 펼쳐보았다.

"북주."

섭대곡은 곧바로 단우백에게 쪽지를 건넸다.

"어떤 꼬마아이가 건네고 간 쪽지랍니다."

단우백은 쪽지를 보자 미간이 꿈틀거렸다.

그곳에는 주소와 함께.

조용히 봅시다.

라는 글귀가 적혀 있었다.

"여기 이 주소가……."

"소림의 안가입니다."

섭대곡이 확인해주었다.

"흠."

단우백은 쪽지를 내려다보며 침음을 삼켰다.

"어떤 꼬마아이라고 했던가?"

단우백은 쪽지를 가져온 내단의 단원을 쳐다보며 물었다.

"예."

"당연히 어떤 눈치도 없었겠고."

"얼른 당과를 사 먹으러 가야 한다는 말을 내뱉은 것으로 보면 그저 심부름을 한 것으로 보입니다."

단우백은 책상 위에 놓인 쪽지를 다시 들어 유심히 보았다.

"진짜 가시렵니까?"

섭대곡이 물었다.

"보자는데 한번 봐야지."

단우백은 쪽지를 구겨 책사 위에 다시 던졌다.

"어찌 나오는지 보자고."

"위험하지 않겠습니까?"

"설마."

소림이 아무리 이름이 높다 하여도, 어디까지나 본토에서의 영향력일 뿐.

홍콩은 자신들의 텃밭이었다.

"하지만."

"……?"

"제가 가겠습니다."

"자네가?"

단우백이 섭대곡을 올려다보았다.

"만에 하나입니다."

"흠."

"또한 격에 맞춰 움직이는 게 당연한 겁니다. 1금강에 북주께서 굳이 움직일 필요는 없습니다."

단우백이 섭대곡을 빤히 쳐다보았다.

*　　*　　*

파장창창창!

박현이 창문을 부수며 밖으로 몸을 피했다.

"어딜?"

육홍은 눈을 부릅뜨며 박현이 부수고 나간 창문 밖으로 몸을 날렸다.

'땅이 아니라 옥상?'

육홍은 박현을 쫓아 창문틀을 잡고 몸을 위로 날렸다.

순간 옆구리가 욱신거렸다.

'젠장.'

모르긴 몰라도 갈비뼈에 금이 간 듯싶었다.

육홍은 얼굴을 찌푸리며 빠르게 눈으로 박현의 신형을

쫓았다.

팍— 팍— 팍!

"……!"

박현의 행보는 기이하면서도 빨랐다.

'처음 보는 경공이군.'

벽을 이리저리 타며 달리는 데 주저함이 없었다.

또한 느림도 없었다.

마치 벽을 평지처럼 타고 움직이는 게 아닌가.

'흡!'

육홍은 박현을 쫓으며 그가 지나간 자리를 눈으로 빠르게 훑었다.

'……!'

마치 손가락으로 할퀴기라도 한 것처럼 선명한 다섯 줄기의 홈이 눈에 들어왔다.

그리고 보니 벽을 탈 때 그 움직임이 마치 짐승처럼 느껴졌었다.

아마 어느 짐승의 움직임을 본 따 만들어진 신법인 모양이었다.

'천한 살수다운 무공이로군.'

육홍은 조소를 머금으며 다리에 내력을 담았다.

팟!

벽에 붙은 자그만 난간을 밟으며 박현을 쫓아 쭉쭉 솟아 올랐다.

*　　*　　*

땡―

특유의 종소리와 함께 엘리베이터가 멈춰섰다.

드르륵― 컹.

섭대곡은 엘리베이터 문을 열고 복도로 나갔다.

듬성듬성 형광등이 나간 탓인지 복도는 전체적으로 어두컴컴하기 그지없었다.

섭대곡은 낯설지만 한편으로는 익숙하게 걸음을 옮겨 소림사의 안가로 사용되는 집 앞에 섰다.

쿵쿵―

섭대곡은 가볍게 대문을 두들겼다.

"……."

시간이 흘렀지만 아무런 인기척도 없었다.

섭대곡은 미간을 찌푸리며 다시 주먹을 들었다.

그리고 다시 문을 두들기려는 순간.

철컥―

안에서 설쇠가 풀리는 소리와 함께 문이 열렸다.

"……누구?"

문이 살짝 열렸다.

"처음 보는 얼굴이군."

문틈 사이로 보이는 얼굴이 낯설었다.

"육 가 안에 있나?"

"유 ……육가?"

"금강 말이다. 수좌."

섭대곡이 낯을 찌푸렸다.

"누구지?"

"초대해놓고 물으면 내가 뭐라 답을 해야 할까?"

그때 옆에서 누군가 속삭였다.

"초대한 북주는 안 오고 외부단주가 왔는가?"

"고작 금강을 만나는데 북주께서 몸소 움직일 리 있겠는가? 방장이 오면 모를까."

"이익!"

문 틈 사이의 사내가 발끈했지만.

"됐다. 열어 드려라."

낯선 목소리에 발끈하던 사내가 섭대곡을 노려보며 걸쇠를 마저 풀었다.

"들어오시오."

문이 활짝 열리자 섭대곡은 문을 연 나한의 어깨를 툭 치며 집 안으로 들어갔다.

끼익— 쿵!

등 뒤의 문이 닫히고.

철컥!

걸쇠가 다시 걸리고.

"……!"

섭대곡의 눈이 부릅떠졌다.

이유는 코끝을 찌르는 피 냄새 때문이었다.

"안녕하십니까, 섭 외부단주."

"자네는?"

공손하게 포권을 취하는 이는 왕방호였다.

"어찌 자네가."

"죄송하지만, 오늘 여기서 죽어주셔야겠습니다."

왕방호의 부드러운 미소는 여전했지만, 눈빛만큼은 매우 사납게 변했다.

"고작 하오문이?"

섭대곡의 눈빛 또한 차갑게 변했다.

"하오문이라니요, 살막입니다."

부드러운 미소를 띤, 그러나 눈빛만은 살벌한 왕방호에 게서 비릿한 기세가 짙어졌다.

　　　*　　　*　　　*

　팡!

　잡힐 듯 잡히지 않게 도망치던 박현의 신형이 어느 순간
사라졌다.

　"……!"

　육홍은 눈을 부릅뜨며 사방을 살폈지만, 박현의 흔적조
차 찾을 수 없었다.

　'뿌리칠 수 있었는데, 꼬리를 달고 도망을 쳤다?'

　"……!"

　부릅떠진 눈이 한 번 더 커졌다.

　유인.

　자신을 유인한 게 틀림없었다.

　육홍은 불길함에 재빨리 자신의 숙소로 몸을 날렸다.

　깨진 창문으로 자신의 방으로 들어선 육홍을 처음으로
맞이한 건 더욱 짙어진 혈향이었다.

　그리고 그를 반긴 건, 자신의 방에서 싸늘하게 죽은 섭대
곡의 시신이었다.

　이미 박현과 싸우며 엉망이 된 방, 누가 봐도 자신이 죽
인 것으로 보이리라.

꾸욱—

육홍은 입술을 지그시 깨물어야 했다.

더 나가 섭대곡의 시신에 새겨진 자상은 소림의 것이었으니까.

아니 정확히는 변조된 자상이었다.

자신은 그 차이를 알아보지만.

타파의 무림인들은, 알아채기 어려우리라.

아니 알아내도 모른 척할지 모른다.

쾅!

'젠장!'

당했다.

육홍은 벽을 주먹으로 내려쳤다.

우지끈 콰당!

그때 아래층에서 대문이 부서지는 소리가 올라왔다.

"부단주!"

"어디 계십니까?"

북천단이 안으로 들이닥쳤다.

"젠장!"

그 소리에 육홍은 이를 꽉 깨물며 부서진 창문으로 다시 몸을 날렸다.

*용어

1) 대백(大伯): 대백(大伯), '따보'라 발음되며 아버지뻘의 나이 많은 남자, 아저씨를 일컫는 호칭이다.

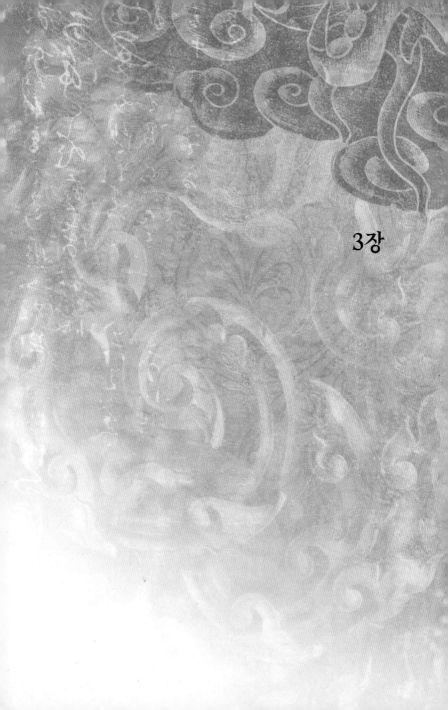

3장

꽈악— 파삭!

두툼한 원목 모서리가 뜯겨 나갔다.

"뭐라고?"

북주 단우백은 핏발이 선 눈으로 되물었다.

"죄송……."

꽈당!

문이 부서질 듯 열리며 얼굴이 야차처럼 붉게 일그러진
고흥이 안으로 뛰어 들어왔다.

그러더니 외단주 단원의 멱살을 잡아 끌어당겼다.

"시 실이냐?"

"예, 예?"

"대곡이, 그 녀석 죽은 게 사실이냐고 묻잖아!"

고흥이 버럭 소리를 질렀다.

"예."

단원은 입술을 질끈 깨물며 대답했다.

"너희는 뭐하고 있었어? 뭐하고 있었냐고! 어?"

고흥은 멱살을 쥐고 흔들며 다시금 소리쳤다.

"그, 그것이……."

"너희는 뭐하고 있었냐고!"

단원이 더듬더듬 입을 열었지만, 고흥은 제 풀을 이기지 못하고 다시금 소리쳤다.

"고 단주."

그에 단우백이 고흥을 말렸다.

"이 새끼들아! 너희……."

"고 단주!"

고흥의 폭주에 단우백이 내력을 담아 소리를 버럭 질렀다.

가벼운 충격에 고흥의 몸에 힘이 풀렸다.

"나가 봐."

겨우 고흥의 손에서 풀려난 단원은 단우백의 말에 허겁지겁 밖으로 나갔다.

"휴우—."

단우백은 한숨을 쉬며 소파로 다가갔다.

"서 있지 말고 앉아."

"고 단주."

"예."

"네가 그리 몰아세운 놈, 외단이야."

내단과 달리 외단은 무력을 앞세운 단체가 아니었다.

좀 더 정확히 표현하자면 외단의 단원들은 무림인과 일반인의 중간쯤, 일반 사회와 이면 중간에 자리한 이들이었다.

이면에서도 살아가지만 일반 사회에서도 살아가는 이들.

무림과 일반 사회를 잇는 중간 고리 역할을 하는 이들이었다.

"하지만 북주!"

"어이, 고 단주."

단우백의 눈에서 시퍼런 살기가 뿜어져 나왔다.

그 눈빛에 고흥도 살짝 흠칫할 정도였다.

"너만 화가 난 것이 아니야."

"……북주."

살기가 얼마나 시퍼랬는지 오히려 고흥이 단우백을 밀려야 하는 게 아닌가 싶을 정도였다.

"기고만장을 넘어 이건 도전이다."

"하오면……."

"콧대만이 아니라 팔다리 하나쯤은 잘라야겠어."

"북주!"

고흥이 힘을 줘 단우백을 불렀다.

"그 전에 콧대는 일단 뭉개 놔야겠지."

"하오면?"

"무조건 그 새끼 찾아."

"그건 북주께서 명하지 않으셔도 찾아낼 겁니다. 그런데 미꾸라지처럼 밖으로 빠지면 어찌합니까?"

아쉽게도 죽련방의 영향력은 홍콩을 벗어나지 못했다.

"심천 가는 골목은 사해방이 맡아주기로 했어."

진무림이라면 자다가도 벌떡 일어나 이를 가는 사천당문이 아니던가.

"마카오나 대만으로 빠질 확률도 있지 않겠습니까?"

"대만은 남주(南主)가 나서줄 거야."

"남주가 말입니까?"

"마카오는 대력왕이 맡아줄 거고."

"허어―."

고흥의 입에서 묘한 감탄이 흘러나왔다.

"어찌 되었든 상방의 체면이 구겨졌어."

"더불어 재미난 구경거리겠구요."

세상에서 가장 재미있는 게 불구경과 남의 싸움 구경이라고 하지 않았던가?

"구경거리가 되더라도 상관없다."

"……?"

"중요한 건, 우리가 복수를 할 수 있냐, 없냐지."

단우백은 시퍼런 살기를 머금은 채 미소를 지었다.

"다들 도와준다는데, 이런 기회를 언제 잡나?"

고흥도 그를 따라 씨익 웃었다.

물론 살기를 머금고.

"다녀오겠습니다."

"살려서 데리고 와."

"……?"

"내 직접 목을 잘라버릴 테니까."

"예, 북주."

고흥이 포권을 취한 후 사무실을 나갔다.

"후우—."

단우백은 지친 듯 소파에 몸을 기댔다.

"양호."

꾹!

단우백은 소파 팔걸이를 꾹 쥐었다.

"허울뿐인 명문이란 이름을 단단히 부숴주지."

까드득!

이가 갈렸다.

*　　　*　　　*

"분명 춥지 않은 날씨인데 추워."

"어?"

"왜?"

"너도?"

"뭐가?"

"이상하게 오한이 느껴지지 않냐?"

"엥?"

"땀도 이렇게 나고, 날씨도 후텁지근한데, 이상하게 오한이 온단 말이야. 그렇다고 감기 기운이 있는 것도 아닌데."

"이상하네."

"그러게, 이상하게 추워."

일반인들도 이상함을 느낄 정도로 홍콩 전역에 살기가 내려앉았다.

그렇게 홍콩의 어둠에 살얼음이 뒤덮였을 때.

파바바박— 파박!

침사추이 외곽.

투룡방 사무실 한편이 완전히 비워졌다.

하늘이 훤히 보이는 창문 아래 제단이 만들어졌다.

제단에는 상징적인 의미로 복숭아 나뭇가지 하나를 올려
놓았다.

그 밑으로 종이돈을 수북하게 올렸고, 유비, 관우, 장비
가 그랬던 것처럼 흙으로 빚은 백마를 떡하니 올려놓았다.

"어서 깃대를 세워라!"

하붕거의 말에 주유와 곽상천, 백무량이 제단 주위로 화
려한 깃대를 세웠다.

"이제 준비가 끝났나?"

그 외에 자잘한 제사 물품은 조완희가 준비를 마쳤다.

제단을 쭉 살피던 조완희가 제단 한쪽이 넓게 비워진 것
을 발견했다.

"여기는 왜 비워놨어? 내가 준비한 건 어디 가고?"

조완희의 말에 아공당 부당주인 부옥체가 다가왔다.

"원기 형님이 비워두라고 하셨습니다."

부옥체의 원래 이름은 부옥산의 체(彘)[1]였다.

"원기가?"

원기는 서기원의 현 가명이었다.

"숭오거보(崇吾擧父)[2]를 데리고 갔습니다."

"끙. 이놈들 무슨 꿍꿍이짓을 하는지."

"그래 봐야 먹을 거 아니겠습니까?"

체가 제단 가운데 훤히 드러난 빈자리를 보며 웃음기를 머금었다.

"워이~, 워이~. 물렀거라!"

숭오거보가 긴 팔을 휘휘 저으며 안으로 들어왔다.

"헐―."

숭오거보 뒤를 따라 들어오는 한 마리 거대한……

조완희의 입이 벌어졌다.

"소 한 마리 잡았냐?"

"완아."

서기원이 마지막으로 뒤따라 들어오며 말했다.

"이게 어디 봐서 소여야?"

서기원은 손을 꼼지락거리며 입맛을 다셨다.

"귀여운 돼지한테."

소만 한 돼지 통구이였다.

"원기 형님, 맛나 보이는 돼지한테 귀엽다니요?"

숭오거보.

"어허! 그래서 네가 안 되는 거여야."

"......?"

"무엇이든 맛나면 다 귀여운 거여야."

서기원은 뒷짐을 지며 창문을 통해 하늘을 올려다보았다.

"거보야."

"예, 형님."

"무릇 사내라면 시야가 넓어야 해야."

"언뜻 이해가 되지 않습니다, 형님."

"잘 봐야. 세상에는 참으로 맛난 게 많아야. 그치야?"

"그렇습니다, 형님."

"그런데 그런 게 다 맛나 보여야?"

"아!"

아닌 것들도 많다.

너무 많다.

오히려 징그러운 게 더 많지 않을까?

"그런 것들도 귀엽게 봐주고, 어루만져주며, 입안으로 넣어 한 입 오물거리면 머릿속 극락에서 주악(奏樂)이⋯⋯."

퍽!

조완희는 그런 서기원의 뒤통수를 그냥 한 대 갈겼다.

"아얏!"

조완회는 얼얼한 뒤통수를 매만지는 서기원을 뒤로하고 숭오거보를 노려보았다.

"뭐하냐? 얼른 준비하지 않고."

"예!"

그 순간 숭오거보의 신형이 그 자리에서 사라졌다.

그리고 통돼지 구이가 제단에 턱 올려졌다.

정신없던 준비가 끝나고.

제단에 향이 피워졌다.

그 아래 박현과 조완희 서기원이 나란히 섰다.

"천지신명께 아뢰오!"

박현이 하늘에 크게 절을 하며 도원결의를 알렸다.

"우리 셋은 비록 성씨는 다르지만, 형제의 의를 맺기로 하였습니다."

"한마음 한뜻으로 함께하오며, 공경에 취한다 하여도 서로 돕고 의지할 것이며."

"한날한시에 태어나지는 않았지만 한날한시에 죽기를 바라나이다!"

박현을 시작으로 조완희, 서기원이 근엄한 목소리로 맹세했다.

"하늘의 천지신명께서는 이 마음을 굽어 살펴주시옵소서!"

셋은 절을 하고, 술잔을 들었다.

"......?"

술잔에 담긴 건 동동주였다.

조완희가 눈을 껌뻑이자, 서기원이 턱으로 한쪽을 가리켰다.

어느새 커다란 통에 통돼지 구이가, 정확히는 돼지머리가 들어가 있었고, 숭오거보가 땀을 뻘뻘 흘리며 돼지머리를 꾹꾹 누르고 있었다.

"뭐하냐?"

"조금만 기다리십시오! 조완 형님. 제가 맛있게 꾹꾹 누르고 있습니다!"

숭오거보는 자신만 믿으라는 듯 가슴을 주먹으로 쿵쿵 친 뒤 다시 돼지머리를 열심히 눌렀다.

그때 서기원이 조용히 다가와 속삭였다.

"동동주에는 편육이 최고여야."

조완희의 관자놀이에 핏줄이 돋아났다.

그걸 못 본 것인지 서기원은 슬쩍 엄지손가락을 들어올렸다.

퍼억!

결국 조완희는 서기원의 엉덩이를 걷어찼고,

"우어— 우아— 우악!"

서기원은 그 와중에도 동동주를 쏟지 않기 위해 안간힘을 쓰며 비틀거리다가 도원결의를 마치고 화합을 축제를 위해 폭죽을 준비하던 황헌의 엉덩이를 툭 치고 말았다.

"헛!"

그에 밀린 황헌이 허우적거리다가 앞으로 쓰러졌다.

놀란 주유가 그를 부축하려다가 서랍장을 건드렸고,

서랍장이 흔들리며 촛불이 아래로 툭 떨어졌다.

폭죽 위로.

파박!

그 불에 폭죽 하나가 터졌다.

문제는 붉은 중국 폭죽은 도미노처럼 길게 이어져 있다는 것이었다.

여기에 더 큰 문제는.

어마어마한 양의 폭죽이 산더미처럼 쌓여 있다는 것이었다.

파박 파바바바박!

가볍게 시작한 폭죽이.

퍼버버버벙!

크기를 더하더니.

우르르 콰쾅! 콰과쾅!

결국 폭발했다.

건물 안이.

"으아악!"

"피, 피해!"

도원결의의 장이.

두 중방이 하나로 합쳐지는 합방의 장이.

한순간 아수라장으로 변했다.

"모르겠다. 본인은……."

박현은 제단 위, 천지신명의 위에 자리한 대별왕을 흘깃 쳐다보며 조용히 사무실을 빠져나갔다.

그리고 잠시 후, 사무실에 짙은 저승의 기운이 깔렸다.

＊　　　＊　　　＊

다사했던 의형제 결의가 끝나고.

박현과 조완희, 서기원, 그리고 하붕거와 황헌, 마지막으로 최길성과 비형랑이 자리했다.

"이름은 투룡방으로 가기로 했다."

박현의 말에 다들 고개를 끄덕였다.

"남은 건, 상방인데."

그도 그럴 것이, 조방은 사룡방을 상방으로 모시고 있었고, 아공당은 마카오를 기반으로 둔 14K를 상방으로 모시고 있었다.

"어디로 편입되면 좋을까?"

그 물음에 하붕거와 황헌이 깊은 생각에 잠겼다.

"사룡방의 방주와 14K의 방주, 둘 모두 나름 인망을 가진 방주들입니다."

"인망이 있다."

그건 박현도 알고 있었다.

"본인이 묻고자 하는 건, 상방 방주의 인망이 아니야."

"……?"

"얼마나 훌륭한 발판이 되어주느냐지."

"예?"

하붕거가 무슨 말인지 모르겠다는 듯 눈을 껌뻑이며 반문했다.

"소붕."

박현은 친근감 있게 그를 불렀다.

"으, 응."

그에 하붕거는 주변 눈치를 살짝 보며 대답했다.

"본인이 처음에 뭐라고 했는지 기억하나?"

"처음이라니, ……어떤?"

"투룡방을 만들었을 때."

"투룡방을 처음 만들었을 때면…… 서, 설마?"

하붕거가 눈을 동그랗게 떴다.

"그때와 같다."

"하, 하지만."

"왜?"

"왜라니! 상대는 상방이라고. 중방과 달라!"

하붕거는 저도 모르게 목소리를 키웠다가 이내 주변에
다른 이들이 있다는 걸 깨닫고는 얼른 입을 닫았다.

"……ㅂ니다."

그리고는 은근슬쩍 높임말을 끌어왔다.

"……형님."

황헌이 조심스럽게 대화에 끼어들었다.

"말해."

"외각룡은 어떻습니까?"

"외각룡?"

"예."

"외각룡이라."

외각룡은 홍콩을 비롯해 상해 쪽에 영향력을 행사하는
상방이었다.

그곳 방주가.

'금거산.'

청 시대를 주름잡았던 거상이자 상인단체의 우두머리였

던 만금장의 후예로, 청이 어지러울 때 몰락한 무가들을 흡수해 삼합회로 변신한 곳이었다.

"생각지도 못한 곳이군."

박현은 흥미로운 눈으로 황헌을 쳐다보았다.

그 눈빛에 황헌이 머리를 긁적였다.

"제 뜻은 아니고……."

그 말에 박현의 눈동자가 그의 뒤로 향했다.

보이는 건 없었지만, 왠지 그의 할아버지가 그곳에 있을 것 같다는 느낌 때문이었다.

"뭐라고 하셨지?"

"그곳에 길(吉)이 있다 하셨습니다."

"길?"

"대길이라 합니다."

대길이라는 말에 박현의 입가에 미소가 절로 지어졌다.

"하지만 ……휴, 흉(凶)도 함께랍니다."

박현의 미소가 언뜻 희미해졌지만 그렇다고 딱딱해지지는 않았다.

"함께 있는 건지, 아니면 넘어서야 할 것인지 물어봐."

"흉이 오나 대길도 함께 온답니다. 그대로 두면 자연스럽게 대길의 힘에 흉이 죽어 길이 되나, 스스로 흉을 이겨내면 온전한 대길을 품을 수 있을 거라 합니다."

"그래?"

박현은 황헌, 정확히는 그의 뒤 빈 공간을 빤히 쳐다보았다.

"그렇단 말이지."

박현은 소파에 몸을 기대며 주먹으로 팔걸이를 툭툭 쳤다.

"장담할 수 있답니다."

황헌이 잠시 후 할아버지의 말을 전했다.

그러는가 싶더니 눈동자가 파르르 떨렸다.

"어, 그러니까……."

순간 말이 툭툭 끊기더니.

"혼을 걸겠답니다."

"죽은 혼백을 걸어서 뭐하게?"

"……!"

잠시 후 황헌의 얼굴이 하얗게 탈색되었다.

"제, 제 목숨을 걸겠습니다."

"손자의 목숨까지라."

박현은 그제야 흡족한 미소를 지으며 허리를 반듯하게 세웠다.

"그대가 오늘부터 본인의 장자방이다."

붉은색 바탕에 황금 장식을 더한 화려한 집무실.

"누가 와?"

좀처럼 서류에서 눈을 떼지 않는 외각룡의 방주 금거산이 고개를 들어 총관을 쳐다보았다.

"투룡방의 방주라고 합니다."

"투룡방?"

금거산은 미간을 찌푸렸다.

"내가 아는 그 투룡방 맞나?"

"그렇습니다."

"흠."

금거산은 침음을 삼키며 들고 있던 붓을 벼루에 내려놓았다.

"내 기억이 틀리지 않다면 조방과 아공당이 합쳐진 중방이지?"

"예, 방주."

금거산은 '투룡방'이라는 이름까지는 아니어도 이들에 대해 똑똑히 기억하고 있었다.

그 이유는 하나.

중방과 중방을 합치는 일도 드물지만, 서로 다른 파벌이

합쳐진 것이었기 때문이었다. 그들이 모시던 사룡방과 14K 중 어느 곳을 상방으로 모실까 흥미가 동했던 것이었다.

"그런데 날 찾아왔다?"

금거산은 생각에 잠겼다.

"홍콩에서 우리의 영향력이 어느 정도지?"

"대략 2할에 조금 못 미칩니다."

"만약 투……."

"투룡방입니다."

"그래, 투룡방. 투룡방이 중방으로 편입되면 어찌 될까?"

"2할을 무난히 넘기지 않을까 싶습니다."

금거산은 고개를 저었다.

"침사추이야."

홍콩 최대 번화가 중 하나.

"심적으로 5푼까지 바라봐도 돼."

총관의 눈동자가 순간 흔들렸다.

아무래도 삼합회가 홍콩에 기반을 두고 있다 해도 모두가 홍콩에 전념한 것은 아니었다.

또 그렇게 아웅다웅할 만큼 큰 땅덩어리도 아니었고.

그렇기에 14K는 마카오를, 외각룡은 새롭게 상해를, 사룡방은 우직하게 홍콩을 지켰다.

"왜 왔을까?"

금거산은 총관을 바라보며 물었다.

총관은 금거산의 표정이 마치 장난감을 눈앞에 둔 아이의 표정과 그다지 다르지 않다고 느꼈다.

"나를 보자고 찾아왔으니 봐야겠지."

"접객실로 안내했습니다."

금거산은 자리에서 일어났다.

'만금장의 후예.'

실질적인 중국의 지하 금융의 지배자라 할 수 있었다. 거기에 화교 자본의 대형이기도 했다. 그래서 그런지 접객실도 어지간한 이들은 발을 딛는 것만으로도 기가 죽을 정도로 화려하기 짝이 없었다.

끼익―

그런 감상도 잠시, 문이 열리고 금거산이 안으로 들어왔다.

박현은 자리에서 일어나 허리를 숙이며 포권을 취했다.

"곽소룡이라고 합니다."

"나 금거산이라고 해요."

금거산도 눈웃음을 지으며 가볍게 포권을 취해 인사를 받았다.

"앉읍시다."

금거산이 자리에 앉자, 박현도 그의 앞에 자리를 잡았다.

"일단 새로이 하늘을 연 것을 축하해요."

"감사합니다, 룡주."

삼합회 방주들은 대외적으로 보통 방주라는 호칭을 사용하나, 외곽룡은 룡 자를 가져와 금거산을 룡주라 불렀다.

"하하하하!"

그 호칭을 박현이 입에 담자 금거산은 웃음을 터트렸다.

"많은 의미가 담겨 있군요. 단지 내 착각인가요?"

"아닙니다, 룡주."

박현은 고개를 숙이며 대답했다.

"내가 듣기로는 투룡방의 머리가 셋이라 들었는데."

"의형제의 결의로 제가 맏형이 되었습니다."

"그렇군요."

금거산은 눈매를 가늘게 만들었다.

"축하 인사는 건넸고, 하실 말씀을 듣고 싶군요."

금거산은 느긋하게 찻잔 뚜껑을 열어 후후 불며 차를 마셨다.

"외각룡에 입방하고 싶습니다."

"하하하."

금거산은 다시금 웃음을 터트렸다.

하지만 전처럼 기분 좋은 웃음이 아니었다. 가면을 쓴 웃음, 박현은 그 웃음의 속내를 알아차렸다.

"그 웃음이 아픕니다, 룡주."

"아프다?"

박현의 말에 금거산의 눈빛이 한순간 차가워졌다.

또렷하게 직시하는 그의 눈빛을 박현은 피하지 않았다.

"2할 7푼."

금거산의 미간에 주름이 깊게 패였다.

그 말의 속뜻을 알고 있었기 때문이었다.

"1할 8푼. 차이가 9푼이지요."

달그락

금거산은 다시 찻잔을 들었다.

"내 계산과 다르군."

"꼼꼼히 살펴보면 차이가 없을 겁니다. 1푼 줄이고 1푼 늘려도, 7푼이지요."

박현이 보란 듯이 씨익 웃었다.

"호로록—."

금거산은 그런 박현을 지그시 바라보며 차를 마셨다.

"드세요. 차 맛이 깊습니다."

그에 박현도 신경을 끄고 잠시 동안 차 맛에 집중했다.

"이걸 어찌 받아들여야 하나, 싶군요."

찻잔을 반쯤 비운 후에야 금거산이 말을 내뱉었다.

"그냥 야망이 큰 놈 하나가 예뻐해 달라고 응석 부리는 걸로 봐주시면 됩니다."

"그런 것치고는 너무 큰 짐을 가져와서 말이죠."

사룡방과 14K의 반발이 만만찮을 터.

"짐 안에 담긴 게 너무 탐스럽지 않으십니까?"

박현이 물었다.

"그러니 아직도 마주하고 있지요."

"하이 리스크, 하이 리턴. 만고불변의 법칙이지요."

"영어를 별로 안 좋아합니다."

"국제적 도시인 홍콩과 상해 기반을 둔 것치고는 너무 속 보이는 말씀이십니다."

"그대는 참으로 겁이 없군."

"기호지세라고 하더군요."

"그래서?"

"호랑이 등에 올라타고 싶습니다."

박현은 금거산의 눈을 피하지 않았다.

"무엇을 원하지?"

금거산의 말투가 바뀌었다.

"외각룡에는 세 중방이 있다고 하더군요."

"그 자리를 원한다?"

"의자 하나를 비워 앉고 싶지만, 셋은 룡주의 오랜 수하이니, 그저 의자 하나를 더 내어주십시오."

"흠."

금거산은 더욱 가늘어진 눈으로 박현을 직시했다.

*용어

1) 체(螭): 산해경, 남산경편에 의하면 부옥산은 두 번째 산줄기, 남차이경으로 칠천 이백리에 달한다. 거신에서 시작하여 칠오산으로 끝나는 산줄 안에 속하는 산에, 체(螭)가 산다 한다. 체는 호랑이의 몸에 소의 꼬리를 가졌으며 울음 소리는 개와 닮았다 한다.

2) 숭오거보(崇吾擧父): 산해경 서산경편 세 번째 산줄기. 서차삼경의 시작인 숭오산에 산다. 몸은 원숭이요, 꼬리는 표범의 꼬리를 가지고 있다. 거대한 힘으로 물건을 던지기를 좋아한다 한다.

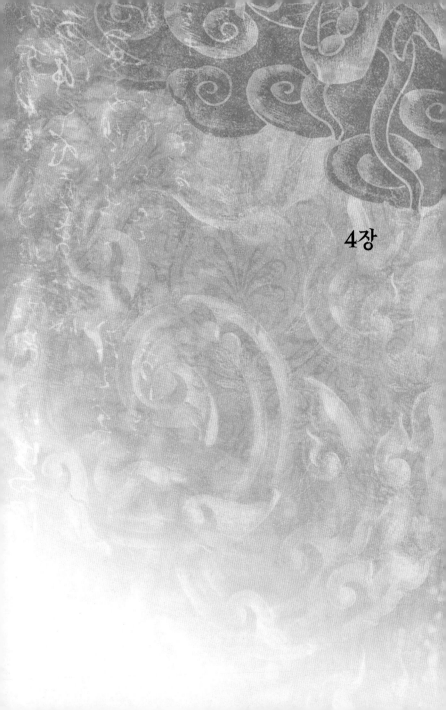

4장

달그락—

"호르륵."

금거산은 차를 한 모금 마신 뒤 찻잔을 내려놓았다.

"의자 하나라."

"단지 의자 하나뿐입니다."

"그 의자의 의미를 알고는 있고?"

"고작 의자 하나뿐입니다."

"고작이라."

"에."

박현은 금거산을 향해 눈을 부릅떴다. 하지만 거만하거

나 여유로운 모습으로는 보이지 않았다.

"의자에 의미를 두는 건 사람이지, 의자 자체는 아니라고 생각합니다."

"하지만 사람들은 고작 그 의자에 많은 의미를 두지."

"맞습니다."

"맞다고?"

"예."

"흠."

금거산은 침음성을 내뱉었다.

"그러니 이 자리에 와서 허락을 구하고 있는 게 아니겠습니까?"

"허허, 허허허!"

금거산은 어이없다는 듯 웃음을 터트렸다.

탁—

그리고는 찻잔에 든 찻물을 모두 마신 후 투박하게 찻잔을 내려놓았다.

"참으로 겁 없는 친구로군."

"위로 오르고 싶은 아이의 투정이라 봐주십시오."

박현은 능글맞게 씨익 웃었다.

"그대는 참으로 겁이 없군."

"깡으로 버텨온 삶입니다."

"깡이라."

"이제 의자 앞에 섰습니다. 편히 앉아서 쉬고 싶습니다."

박현은 고개를 꾸벅 숙였다.

금거산은 그 말에 눈꼬리가 살짝 아래로 휘어졌다.

희미한 눈웃음.

박현의 말은 그 의자가 마지막 종착점임을 의미하고 있었다.

사실 누구나 바라보는 종착점이기는 하다만, 박현은 그 의미로 말한 게 아님은 금거산은 알아차렸다.

자신의 품에서 적당한 권력에 머물겠다는 뜻.

"야망이 작군."

"많은 술은 오히려 술잔에서 쏟아질 뿐 아니겠습니까?"

박현은 자신의 그릇이 딱 이 정도라고 선을 그었다.

"그래서 딱 술잔만큼만 담겠다?"

"찰랑거리는 술잔은 술 방울을 토해내는 법이라 생각합니다."

"그럼?"

"적당히 담고 싶습니다."

금거산의 눈매가 더욱 가늘어졌다.

하지만 그것도 잠시.

"하하하하하!"

금거산은 웃음을 터트렸다.

"내 평생 이렇게 웃어보기는 또 처음이군."

"뿌듯함을 가져도 되겠습니까?"

박현은 씨익 웃었다.

"가져도 되네."

"감사합니다."

박현은 고개를 꾸벅 숙였다.

"적당한 야심, 그러면서도 스스로의 그릇을 아니, 마음에 들면서도 마음에 들지 않는군."

"열에 열, 마음에 들면 의심하라 했으니, 저는 의심에서 벗어날 수 있겠습니다."

"언행도 달변이군."

"이제 하명을 받고 싶습니다."

박현은 고개를 한 번 숙이며 말했다.

"정은 차차 쌓아가도록 하지."

허락을 담은 말이었다.

"감사합니다."

박현은 허리를 넙죽 숙였다.

*   *   *

다라락— 다라락— 다라락—

금거산은 무의식적으로 탁자 상판으로 손가락으로 두들기며 박현이 앉아 있던 의자를 쳐다보고 있었다.

"차를 한 잔 더 올릴까요?"

총관이 조용히 옆으로 다가왔다.

"응?"

"차를 한 잔 더 올릴까요?"

그의 반문에 총관이 다시금 묻자, 금거산은 빈 찻잔을 내려다보았다.

"됐고, 앉게나."

총관은 의자를 빼 그의 옆에 앉았다.

"어찌 생각하나?"

총관은 가느다란 수염을 손가락으로 비비며 짧게 생각에 잠긴 모습이었다. 그에 금거산은 습관적으로 찻잔에 손을 가져갔다가 이내 빈 찻잔에 입맛을 슬쩍 다셨다.

"자칫 경박하게 보이나 아닐 듯싶습니다."

"스스로를 잘 꾸미더군."

총관과 금거산은 박현의 가면을 알아본 모양이었다.

"그만큼 야망이 크게 보였습니다."

"그 야망이 어느 정도일까?"

"의자보다는 크다 느꼈습니다."

"이 자리는?"

금거산은 자신이 앉아 있는 의자를 손으로 내려쳤다.

"다행히 분수는 아는 듯 보였습니다."

"의자보다는 크나 이 자리는 아니다?"

"예."

총관은 고개를 끄덕였다.

"그러기에 가면을 쓴 게 아닐까 싶습니다."

"그리 보였군."

금거산은 박현이 앉아 있던 곳을 쳐다보았다.

"의자도 같은 의자가 아닐 터."

금거산의 중얼거림에 총관의 눈썹이 꿈틀거렸다.

같은 의자라 하지만 분명 눈에 보이지 않을 만큼 미세하나마 높이의 차이는 있다.

"주군."

"왜?"

"감히 말씀을 올리자면, 괜찮으시겠습니까?"

"뭐가?"

"제법 시끄러워질 겁니다."

"시끄러워지겠지."

금거산은 피식 웃음을 내뱉었다.

"일단 지켜보자고. 득과 실 중 지금은 득이니."

허나 눈은 웃지 않았다.

"하지만 실도 만만찮을 겁니다."

"그걸 겁내면 자리를 내어놓아야지."

금거산은 총관을 쳐다보았다.

"안 그런가?"

"지당하신 말씀이십니다."

"좋아!"

금거산은 손바닥을 탁 쳤다.

"이왕 시끄러워지는 거, 크게 일을 벌여볼까?"

"어찌 말입니까?"

"입방식 거하게 열지."

"그리 준비하겠습니다."

"그럼 한 푼이라도 높은 의자에 앉을 자격이 있는지 봐야겠지?"

금거산이 입꼬리를 말아올렸다.

"혹시?"

"그래."

금거산의 말에 총관의 눈에 웃음기가 지어졌다.

"가볍지 않은 충돌이 될 겁니다."

"시험으로 딱 좋지 않나?"

"……."

"결자해지, 스스로 가져온 화는 스스로 헤쳐나가야지.
안 그런가?"

"자명하신 말씀이십니다."

"후후후."

금거산은 비릿한 웃음을 드러냈다.

＊　　　＊　　　＊

"후우—, 피곤하군."

박현은 외투를 옆으로 툭 던지며 소파에 앉았다.

"어땠어?"

조완희가 맞은편에 앉으며 물었다.

"평범한 인물은 아니야."

"평범하지 않다."

"내 연기를 파악했어."

그 말에 조완희의 얼굴이 살짝 굳어졌다.

"확실히 중방의 방주와는 달라."

"어떤?"

"구렁이."

"구렁이?"

"뱀보다는 배포도 크고 덕도 크지."

"차라리 뱀이었으면 좋았을 것을."

조완희는 혀를 슬쩍 찼다.

"바랄 것을 바라라."

박현의 핀잔에 조완희는 어깨를 으쓱거렸다.

"상방의 방주면 이미 천외천 중 천외천이야."

"괜찮겠냐?"

"안 괜찮으면?"

박현은 씨익 웃었다.

"내 예상 하나 할까?"

"……?"

"본인 손에 피를 묻히라 할 거야."

조완희의 표정이 순간 굳어졌다.

"손 안 대고 코 풀겠다?"

"그런 셈이지."

"흠."

조완희는 침음을 삼켰다.

"어쩔 거야?"

"어쩌기는? 일단 피를 묻히라면 묻혀야지."

박현은 조완희를 쳐다보았다.

"방원들에게 단단히 각오하라고 전해."

"단순히 장단을 맞춰주려고?"

"뭘 묻고 그래? 피는 함께 봐야지. 우리만 보면 쓰나?"

박현이 비릿하게 씨익 웃었다.

"그래야 우정도 나누고 충심도 쌓이고 할 거 아니야. 안 그래?"

"그래서?"

"14K의 방주가 대력왕이라고 했던가? 소들의 왕?"

조완희가 고개를 끄덕였다.

"14K가 딱 좋겠군."

박현의 눈동자가 번들거렸다.

*　　*　　*

"누가 누구를 만나?"

사룡방 뇌공이 어이없다는 듯 되물었다.

"투룡방 방주가 외각룡 금 방주를 만났다 합니다."

"그놈, 조방 출신 아니야?"

"예, 방주."

"그런데 외각룡으로 갔단 말이지?"

"예."

"14K도 아니고."

"……."

"허어―, 요 녀석 봐라."

뇌공은 기가 차다는 듯 헛웃음을 내뱉었다.

"어찌할까요?"

직속 무력단체인 동검단(東劍團) 단주 마광도가 물었다.

"조방이 자네 직속이었었나?"

"관리를 제대로 하지 못해 죄송합니다."

마광도가 고개를 숙였다.

"사람 속을 어찌 알까?"

"단의 준비는 끝났습니다."

마광도는 눈에 시퍼런 살기를 띠며 말했다.

"나보다는 자네가 상당히 마음이 상한 모양이군."

"……."

"재미없는 사람 같으니라고."

마광도가 아무런 반응을 보이지 않자 뇌공이 농을 섞어 타박했다.

"조방과 합방한 곳이 아공당이라고 했던가?"

"예, 방주."

"지금쯤 대력의 얼굴도 볼 만하겠구만."

뇌공이 대력왕을 머릿속으로 떠올리며 피식 웃음을 삼켰다.

"대기해."

"……."

동검단주 마광도의 대답이 없었다.

"싫은가?"

"……아닙니다. 대기하겠습니다."

"14K가 어찌하는지 본 후에 결정하지. 일단 지켜보자고."

뇌공은 손을 휘휘 저어 축객령을 내렸다.

척!

동검단주 마광도는 절도 있게 허리를 숙인 후 밖으로 나갔다.

"외각룡이라. 훗."

뇌공은 차갑게 짧은 웃음을 내뱉은 후 다시 책을 들어올렸다.

그 시각.

마카오.

"뭐?"

쩌렁쩌렁한 목소리가 터졌다.

"아공당이 어디로 가?"

대력왕은 눈을 부라리며 물었다.

"아, 아공당이 아니라 투, 투룡방입니다."

그 앞에 서 있는 십이두(十二頭) 중 하나인 축두(丑頭) 모우(旄牛)[1]가 식은땀을 흘리며 대답했다.

"야, 모우."

대력왕은 손을 뻗어 그의 수염을 움켜잡고 흔들었다.

"으윽! 윽!"

모우는 괴로운 듯 신음을 흘렸다.

"내가 그걸 몰라서 물은 거냐? 앙?"

"아, 아닙니다!"

모우는 큰 목소리로 대답했다.

"아공당이든 투룡방이든 거기 대가리가 셋이라며?"

"예, 옙!"

대력왕의 눈과 마주친 십이두 중 주염(朱厭)[2]이 움찔하며
얼른 대답했다.

"그중 둘이 아공당이고. 아냐?"

"마, 맞습니다."

"그럼, 당연히 14K로 와야 하는 거 아니냐?"

"……그, 그렇습니다."

주염의 목소리는 조금씩 작아졌다.

"그 나머지 하나가 대형이라……."

턱—

대력왕이 모우의 수염을 놓으며 말을 꺼낸 우조(寓鳥)[3]를
향해 손가락을 까딱거렸다.

"……저."

"좋은 말 할 때 와라."

대력왕이 손바닥을 오므렸다 폈다를 반복했다.

우조는 머뭇머뭇 다가가 손바닥 위에 얼굴을 가져갔다.

"아! 아! 악!"

대력왕은 그의 쥐수염을 잡아 위로 잡아당겼다.

"지금 본왕을 가르치는 거냐?"

"아, 아닙니다!"

"잘하자."

"옙……, 악!"

대력왕이 수염을 뽑자, 우조는 대답을 하다 소리를 질렀다.

"아공당 누구 소속이었어?"

머뭇머뭇 손 하나가 올라갔다.

"음, 우리 술두(戌頭) 계변(溪邊)⁴⁾이네."

"잘못했습니다!"

계변은 그 자리에서 벌떡 일어나 쿵 하고 머리를 바닥에 찧으며 원산폭격 자세로 엎드렸다.

"우조야."

"옙!"

"가기도 귀찮다. 네가 저놈 엉덩이 한 번 걷어차라."

그 말에 우조가 후다닥 뛰어가 원산폭격하고 있는 계번을 향해 다리를 들어올렸다.

"봐주면 네가 처맞는다."

그 말에 우조와 계번이 동시에 움찔거렸다.

퍽!

"꺽!"

묵직한 파음과 고통에 찬 신음이 동시에 흘러나왔다.

"누가 가서 버르장머리 없는 놈들 데리고 올래?"

대력왕이 원탁에 앉아 있는 십이두들을 둘러보며 물었다.

"제가 다녀오겠습니다."

맹극(孟極)[5].

"인두(寅頭), 네가?"

"예."

"다녀와."

맹극이 자리에서 일어났을 때였다.

우직하게 생긴 거구가 안으로 뛰어들어왔다.

"뭐야?"

"지금 침사추이에서 화려하게 입방식을 치르고 있습니다."

쾅!

그 말에 대력왕이 주먹으로 탁자를 내려치며 씨이 씨익—
콧바람을 내뿜었다.

"금가 이 새끼, 결국 선을 넘겠다 이거지?"

"인두!"

"예, 우왕(牛王)!"

맹극이 다부진 목소리로 말했다.

"가서 투룡방인지 뭔지 하는 새끼들 끌고 와!"

맹극이 서둘러 밖으로 나갔다.

＊　　　＊　　　＊

파바바바바바바방!

폭죽이 터지고.

둥— 둥— 둥— 둥—

북소리가 요란한 폭죽 소리를 흥으로 이끌어냈다.

그 중심에 한 마리 거대한 용탈이 날아다니며 축제를 장식하고 있었다.

그렇게 2시간에 걸쳐 축제와도 같던 입방식이 끝나고.

"미리 인사라도 나누고 입방식을 했으면 좋았겠지만……."

"괜찮습니다, 룡주."

박현은 개의치 않다는 듯 허리를 숙였다.

"곧 자리를 마련하지."

금거산이 먼저 자리를 뜨고.

박현은 세 명의 사내와 마주했다.

외각룡의 허리를 지탱하는 중방 중의 중방, 외각룡에서는 대방(大房)이라 부르는 세 명의 대주(大主)와 마주했다.

"자네로군."

인사를 나눴지만, 개인적으로 말을 섞기는 처음이었다.

표홀하게 생긴 사내는 그들 중에 맏형인 위종산이었다.

"박현이라고 합니다."

"듣자 하니 현대 격투를 배웠다고?"

"가전 무공 일부가 유실되어 내공만 익혔습니다"

"안타까운 일이로군."

위종산은 진심으로 안타깝다는 듯 박현의 어깨를 가볍게 두들겨 위로했다.

"그래도 조방의 방주를 꺾고 일어섰으면 그 깊이가 가볍지 않을 터."

"그래도 현대 격투면 좀 부족하지 않겠습니까?"

둘째인 사문강이었다.

"나중에 손을 섞어 보면 알겠지. 부족하면 우리가 채워주면 될 터."

"……?"

"잘 모를 수 있겠군."

셋째, 상충량이었다.

"외각룡 방원들은 전부 하나의 무공을 배운다. 남들은 짜깁기다 뭐다 하지만, 그 정수가 얕지는 않아."

왕방호의 말이 기억났다.

　"외각룡은 만금장이 몰락 무가들을 흡수해서 만든 곳입니다. 몰락 무가라고는 하나 다들 한때나마 시대를 풍미했던 무가들입지요. 그래서 외각룡의 무공은 넓고 제법 깊습니다."

"쓸 만한 것들도 있을 것이야."

"말씀만으로도 감사합니다."

박현은 장풍량을 향해 고개를 숙였다.

"룡주와 자리를 하기 전에 우리끼리 자리를 먼저 하도록 하지."

"예, 대주."

"따거라 부르게. 자네도 방주가 아닌 우리와 같은 자리 이니."

"알겠습니다."

"곧 연락을 주지."

짧은 대화를 끝으로 세 대주는 자리를 떴다.

그렇게 자리를 파하고, 박현은 조완희, 서기원과 함께 사무실로 올라갔다.

"으메~, 돈이 많다 하더니만 무슨 입방식이 으리번쩍 해야."

"외각룡 본거지가 상해야."

"중국의 경제 중심지지. 경제만 따지면 북경도 한 수 접어주는 곳이야."

"그래야?"

"우리 지분이 크기는 큰 모양이다. 이렇게 으리으리하게 입방식을 하는 걸 보면."

"지분만이겠냐?"

"하긴 사룡방이라 14K도 있지."

"보란 듯이 침 바른 거다."

박현은 화려한 축제를 빙자한 입방식의 이유를 알아차렸다.

"그리고 입방식 전에 뭔가 이야기를 나누는 것 같던데."

입방식 전에 금거산과 짧게 대화를 나눴는데 그걸 본 모양이었다.

"홍콩을 우리에게 맡긴다더라."

"홍콩을? 그럴 위인으로는 안 보이던데."

"당연히 당장은 아니겠지."

"줄 것을 가지고 충성심을 산다?"

조완희의 말에 박현이 고개를 끄덕이며 피식 실소를 지었다.

"그나저나, 누가 먼저 움직일 거 같냐?"

박현이 물었다.

"글쎄."

"하긴. 누가 먼저 오든."

무슨 상관이 있으랴.

그때였다.

황헌이 헐레벌떡 안으로 뛰어들어 왔다.

"따, 따거."

"무슨 일이야?"

"14K, 14K가 왔습니다."

그 말에 박현은 자리에서 일어나 창문으로 향했다.

드르륵—

창문을 열고 길거리를 내려다보았다.

건물 입구 앞, 좁은 도로에 투룽방 방원과 14K로 보이는 이들이 험악한 분위기를 내뿜으며 마주하고 있었다.

"흠."

그리고 그들을 이끄는 맹극과 눈이 마주쳤다.

*용어

1) 모우(旄牛): 산해경, 북산경 반후산이 있다. 이 반후산에 사는 모두는 소처럼 생겼으며 사지의 관절마다 긴 털이 나있다 한다.

2) 주염(朱厭): 산해경, 서산경 두 번째 산줄기인 서차이경에 소차산이 있다. 이 산에 흰머리에 붉은 다리를 한 원숭이가 있는데, 싸움과 전쟁을 일으킨다 한다.

3) 우조(寓鳥): 산해경, 북산경 단후산. 새의 날개를 가진 쥐가 살며 양의 울음을 낸다 한다. 우조는 화를 피하게 만드는 능력을 가졌다 한다.

4) 계변(溪邊): 산해경 서산경 천제산. 개처럼 생긴 짐승이 사는데 이름이 계변이다.

5) 맹극(孟極): 산해경 북산경 석자산에 산다. 흰 몸통에 이마에 무늬가 있으며 표범의 형태를 띠고 있다.

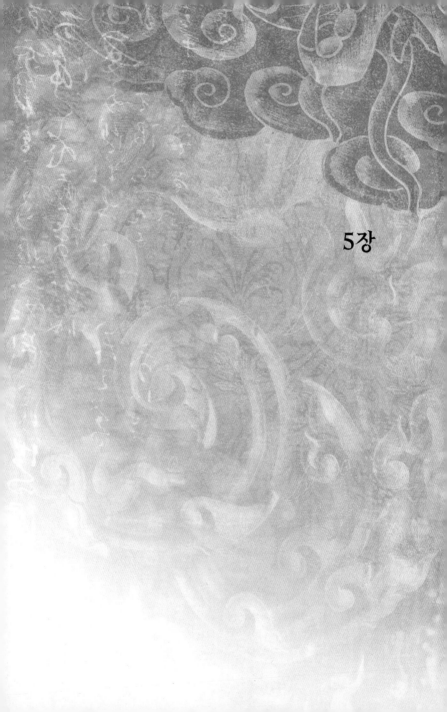

5장

계단을 내려가는데 누군가 빠르게 옆에 붙었다.

"누구지?"

"왕 사장님 소개로 입방을 기다리고 있는 허일이라고 합니다."

하오문?

환영문?

아니면 살막?

어느 소속일까 궁금해졌다.

"어느 왕 사장 밑에 있나?"

"왕 대인 밑에 있습니다."

왕대인이면, 하오문.

"그렇군."

이어 허일이라는 하오문도는 재빨리 하고자 하는 말을 입에 담았다.

"현재 투룡방을 찾아온 이는 14K의 십이두(十二頭) 중 인두(寅頭) 맹극입니다."

"14K면 산해경 출신인 모양이군."

"그렇습니다."

"인(寅)이면…… 호랑이?"

"정확히는 표범에 가까운 존재입니다."

"그렇군."

"맹극과 함께 온 이는 맹극을 따르는 이들로 호랑이나 표범의 피를 이은 자들입니다."

"그래서 인두인 모양이군."

박현이 고개를 끄덕이자 허일이라는 자는 조용히 뒤로 물러났다.

"본인 사무실에서 기다려."

"……?"

"일 끝나면 이야기를 나누지."

"예."

허일은 허리를 숙인 뒤 물러났다.

"대력왕의 성정이 급하다 들었는데, 풍문보다 더 극성인 모양이군."

박현은 계단을 내려갔다.

시퍼런 살기가 좁은 거리를 가득 채우고 있었다.

오가는 인파가 하나도 없었다.

상점들도 하나같이 다 문이 굳게 닫혀 있었다.

단순히 살기 때문만이 아니었다.

한눈에 봐도, 흑사회로 보이는 사내들이 우르르 모여 대치하고 있으니, 목숨이 두 개가 아닌 이상에야 일반인들이 몸을 사리는 건 당연한 일.

"모두 물러나."

박현의 말에 투룡방이 맹극과 그를 따르는 인단(寅團)을 노려보며 뒤로 물러났다.

"아무도 못 빠져나가게 거리 좀 틀어막아 줘."

"알았어."

흔쾌히 조완희는 알았다고 고개를 끄덕이는데,

"꼭 지만 좋은 걸 해야."

서기원은 입술을 삐죽 내밀며 투덜거렸다.

"그럼 네가 할래?"

"그래도 돼야?"

서기원의 눈매가 반달처럼 휘어졌다.

"어차피 투룡방은 삼두마차야. 누가 나서든 상관없다."

"나만 믿어야."

서기원이 가슴을 쭉 내밀고 자신 있게 턱을 들어올렸다.

"고양이 새끼가 기다린다."

박현이 서기원의 가슴을 손등으로 툭 치며 말했다.

"ㅎㅎㅎㅎㅎ."

서기원은 음침한 웃음을 내뱉으며 성큼성큼 큰 걸음으로 인두 맹극 앞으로 걸어갔다.

"너냐?"

서기원이 앞에 서자 맹극이 눈을 부라렸다.

"네가 맹극이어야?"

서기원이 통통한 배를 툭 내밀며 물었다.

"네가 곽소룡이란 놈이냐?"

맹극이 좀 더 기운을 실어 으르렁거리듯 물었다.

"아닌데야."

서기원이 씨익 웃었다.

"감히! 나 맹극을 상대로 조무래기가 나서?"

"들어는 봤을라나 몰라야."

"……?"

"나 투룡방 삼두마차 중 하나인 서기……, 아니 서원기야."

"……서, 원기?"

"몰라야?"

되묻는 서기원이 웃음은 서서히 진해졌다.

"몰라도 상관없어야. 어차피 뒈질……."

서기원은 말을 하다 말고 멈춘 채 눈을 껌뻑였다.

"근데, 죽여도 돼야?"

서기원은 고개를 돌려 박현을 향해 큰 목소리로 물었다.

"이 새끼가!"

맹극이 결국 살기를 터트리며 서기원의 얼굴을 할퀴어갔다.

시퍼런 손톱이 서기원의 뺨을 베고 지나가려는 찰나, 서기원은 뒤로 머리를 젖혀 그의 공격을 피하는 동시에 퉁퉁한 배로 맹극을 툭 밀어냈다.

"아따, 이 시키. 손이 앙큼해야."

서기원은 허리춤에서 육모 모양의 도깨비방망이를 꺼내 들었다.

"자고로 이빨부터 내미는 개는 때려잡아야 한다고 그랬…… 너는 고양이였지야?"

서기원은 도깨비방망이 끝으로 머리를 긁었다.

"에이, 몰라야. 개나 고양이나. 매에는 장사 없지야."

"갈!"

맹극의 본인의 진신(眞身) 일부를 밖으로 풀어냈다.

팔이 다리처럼 두꺼워졌고, 손가락은 뭉툭하게 짧아졌다. 그리고 그 사이로 단도처럼 날카로운 발톱이 튀어나왔다.

"크르르르!"

맹극은 짧게 울음을 남기며 용수철처럼 서기원을 향해 튀어나갔다.

쏴아아악!

세 줄기의 발톱이 서기원의 목을 노렸다.

카가각!

서기원은 도깨비방망이를 휘둘러 맹극의 발톱을 막았다.

발톱은 서기원의 목 줄기를 노리며 도깨비방망이를 긁어 댔다.

"아따, 요놈. 성질이 지랄 맞아야."

서기원은 방망이를 슬쩍 당겼다.

"캬르르르."

그러자 맹극의 발톱이 눈앞에서 꿈틀거렸다.

"내가 적당히 기만 죽이려 했는데, 안 되겠어야."

퍽!

서기원은 발을 뻗어 맹극의 배를 꾹 밀었다.

그리고는 도깨비방망이를 겨드랑이에 끼며 소매를 걷어 올렸다.

"그냥 오늘 날 한번 잡아야."

그리고 다시 육모 도깨비방망이를 움켜쥐었다.

"넌 뒈졌어야!"

순간 서기원의 신형이 그 자리에서 사라졌다.

축지.

순간 맹극의 좌측으로 이동한 서기원은 풀스윙으로 맹극의 머리통을 후려쳤다.

후우우욱!

하지만 고양이과의 피를 이은 맹극이었다.

마치 연체동물을 보는 듯 괴이할 정도로 몸이 틀어지며 아슬아슬하게 도깨비방망이를 피했다.

"크르르르."

맹극은 비웃음을 날리며 서기원의 하체로 몸을 날렸다.

"웃차!"

그러자 서기원은 도깨비방망이를 휙 던져 손을 가볍게 만든 뒤 낮게 다가오는 맹극을 위에서 덮쳤다.

쿵!

묵직한 파음이 맹극의 등을 짓눌렀다.

"큽!"

마치 집채만 한 바위가 등을 짓누르는 듯한 엄청난 무게감에 맹극은 저도 모르게 이빨 사이로 신음을 흘렸다.

"흭!"

맹극은 입술을 굳게 닫아 새어나가는 숨을 가두며 두 다리에 힘을 줬다.

"ㅎㅎㅎㅎㅎ."

그를 위에서 끌어안듯 누르는 서기원은 서늘한 웃음을 내뱉으며, 왼팔을 둘러 맹극의 목을 죄는 동시에 오른손을 뻗어 그의 허리춤을 움켜잡았다.

"이놈아."

"끄으."

"혹시 씨름이라고 알아야?"

서기원의 무게감을 버티기 바쁜 맹극은 그저 시익— 시익— 거친 숨을 내쉴 뿐이었다.

"나가 그걸 보여줄 참이야."

서기원은 몸에 더욱 힘을 실으며 그의 목과 허리춤을 품으로 잡아당겼다.

"컥!"

단숨에 몸을 짓누르는 무게가 두 배 이상 늘어나자 맹극은 굳게 닫힌 입술이 강제로 찢어지며 짧은 비명이 튀어나왔다.

"세상에 가장 큰 무기가 뭔지 알아야?"

서기원은 맹극의 몸에 더욱 무게를 실으며 물었다.

"땅이어야. 흡!"

서기원이 맹극의 몸을 들어올렸다.

"세상에 땅을 무기로 삼는 무예는 유도와 레슬링만이 아니어야."

서기원은 맹극을 매단 채 몸을 반 바퀴 돌았다.

"흐앗!"

맹극은 서기원의 힘에 볏단처럼 휘둘러졌다.

그렇게 맹극의 균형을 빼앗은 서기원은 그를 땅바닥으로 메치며 스스로의 몸도 날렸다.

쾅!

시멘트 바닥에 온몸이 처박혀 본 적이 있는가?

하물며 인위적으로 온 힘이 실려 처박힌다면?

십중팔구 어느 한 곳이 부러지고, 충격에 내장이 찢어진다.

하지만 대부분 즉사하지는 않는다.

왜냐하면 대지가 안기는 충격이 하늘 쪽 허공으로 흩어지기 때문이었다.

만약, 허공으로 흩어지는 충격을 위에서 눌러 가둔다면 어찌 될까?

샌드위치처럼 위아래로 충격을 가둔다면 어찌 될까?

그럼 완벽한 압사를 만들어낼 수 있다.

그렇게 하나의 의문에서 발전된 무예가 바로 씨름이었다.

퍽!

땅과 거력의 힘이 담긴 서기원 사이에 끼인 맹극의 몸에서 마치 물주머니가 터지는 듯한 파음이 터졌다.

"끄륵!"

가래 끓는 소리가 나는가 싶더니.

"풉!"

맹극은 피를 분수처럼 내뿜은 뒤 고개가 옆으로 툭 떨어졌다.

압사.

말 그대로 몸이 짓눌려 내장이 터져 죽었다.

"이, 인두!"

인단의 누군가가 놀라 살기를 내뿜으며 달려들었다.

쿵!

서기원은 바닥을 발로 찧으며 마치 아이스하키의 바디체크를 하듯 그의 배에 어깨를 들이박았다.

"킥!"

어마어마한 충격에 인단의 누군가의 몸이 순간 경직되었다.

"허엇!"

서기원은 그 순간을 놓치지 않고 허벅지를 두 팔로 감싸 그를 번쩍 들어올렸다.

그리고 어깨를 밀며 앞으로 몸을 날렸다.

밀어치기[1].

순수하게 무게로 짓누르는 씨름의 대표기술 중 하나였다.

쾅!

서기원의 몸이 다시 인단의 누군가의 몸을 내려찍었다.

퍼억!

다시금 터진 파음.

"이 새끼야!"

또 다른 인단의 단원이 서기원의 등으로 올라탔다.

"나가 말이어야. 씨름의 귀재여야."

서기원은 허리에 힘을 줘 인단의 단원의 밑으로 파고들었다.

"밑씨름[2]이라고 들어는 봤을라나 몰라야."

서기원이 배에 힘을 딱 주며 허리를 젖혀 올렸다.

뒤집기[3].

마치 프로레슬링의 화려한 백드롭을 보는 듯싶었다.

쾅!

다시 파음이 터졌다.

파음이 터진 자리에 남은 건 충격으로 가득 찬 정적뿐이
었다.

*　　　*　　　*

바르르르르—

탁자가 잘게 요동쳤다.

다라라락— 다락— 다라라락!

탁자에 놓인 찻잔이 메마른 신음을 토해냈다.

우당탕탕탕!

대력왕은 커다란 원탁을 움켜잡은 뒤 옆으로 집어던졌
다.

원탁이 험하게 바닥을 구르며 요란을 떨었지만, 어느 누
구 하나 숨소리조차 흩뿌리지 않았다.

턱— 턱— 턱.

대력왕은 큰 걸음으로 바닥에 누워 있는 인두 맹극 시신
앞에 섰다.

눈, 코, 귀.

혈흔의 흔적이 희미하게 남아 있었다.

"장기 대부분이 모두 터졌습니다."

"다른 놈들은?"

"인두와 같습니다."

꾸욱—

대력왕이 주먹을 꽉 말아 쥐자, 가죽이 말리는 소리가 선명하게 만들어졌다.

"자두(子頭)."

"일단 고정하십시오."

자두 우조(寓鳥)[4]가 대력왕의 분노를 달랬다.

"후우—, 후우—."

대력왕이 우조의 조언에 따라 심호흡으로 감정을 다스릴 때, 우조는 재빨리 십이두들에게 눈치를 줬다. 그에 몇몇 십이두가 재빨리 원탁을 세웠고, 14K 방원 몇이 재빨리 어지러워진 바닥을 말끔히 치웠다.

"따끈한 홍차입니다. 마음을 좀 더 달래시지요."

우조가 홍차를 내왔다.

대력왕은 뜨거운 홍차를 단숨에 비워냈다.

"후우—."

콧바람으로 뜨거운 김이 수욱 흘러나왔다.

"자두."

"예, 우왕."

"속을 삭일 꾀 없나?"

"……."

우조의 눈매가 가늘어졌다.

"상해를 치는 건 어떻습니까?"

"상해?"

"금가 놈의 수족 셋 있지 않습니까?"

"대방이라 부르는 우습지도 않은 놈들 말인가?"

"예."

"목숨값은 목숨값으로 갚아야 하지 않겠습니까?"

"그 목숨값을 투룡방이 아니라 금가 놈의 수족 중 하나
로 받는다?"

대력왕이 우조를 쳐다보았다.

"빚도 갚고."

"빚도 갚고?"

"먹음직스럽게 보인 닭이 계륵이라는 사실도 일깨워줘
야지요."

"계륵이라."

"그리되면 결정하겠지요. 데리고 가든, 내치든."

대력왕의 미간이 좁아졌다.

"데리고 가면 가는 대로, 내치면 내치는 대로."

"생각 같아서는 당장 투룡방의 놈들의 목줄을 꺾고 싶다
마는……."

"때로는 한 걸음 쉬는 게 더 빠르게 두 걸음 내디딜 수 있기도 합니다."

탕!

대력왕이 탁자를 손바닥으로 내려쳤다.

"누가 가면 좋겠나?"

"쌓인 화가 많으실 텐데, 이 기회에 시원하게 푸시는 게 어떻겠습니까?"

우조가 눈을 반달로 그리며 말했다.

"본왕이?"

"사안이 가볍지 않음을 보이는 것도 나쁘지 않으리라 사료됩니다."

"본왕이 직접 움직인다. 본왕이."

대력왕의 입가에 서늘한 웃음이 맺혔다.

"일단 끓어오르는 심장에 찬물 한 바가지 정도는 부을 수 있겠군."

드르륵.

대력왕이 의자를 뒤로 밀며 자리에서 일어났다.

"다녀오마."

쾅!

대력왕은 묵직한 진각을 밟으며 집무실을 나갔다.

＊　　＊　　＊

상해로 향하는 비행기 안.

닫힌 퍼스트 클래스 간이 문에 노크 소리가 들렸다.

"예."

금거산이 보던 책을 덮으며 짧게 대답하자 문이 열리고 스튜어드가 안으로 들어왔다.

"무슨 일이지?"

말끔한 차림의 스튜어드는 허리를 숙이며 조용히 입을 열었다.

"14K가 움직였습니다."

"빠르군."

금거산의 미간이 좁아졌다.

"그래, 우리 새로운 신입은?"

"인두와 인단, 몰살입니다."

스튜어드의 보고에 금거산의 눈두덩이가 꿈틀거렸다.

"인두면 맹극인가? 고양이과 놈들?"

"예, 롱주."

"곽소룡, 그놈 생각보다 뛰어난 모양이군."

"서원기란 자가 모두 해치웠다 합니다."

"곽소룡이 아니라 서원기?"

금거산의 눈이 살짝 크게 떠졌다가 가늘어졌다.

"적어도 준치라는 말인데……."

금거산은 손가락으로 팔걸이를 톡톡 두들겼다.

"더 할 말이라도 남았나?"

스튜어드가 나가지 않고 서 있자 금거산이 차가운 눈으로 물었다.

"홍콩에서 어떻게 처리할 것인지 답을 달라 했습니다."

"답이라."

금거산은 피식 웃음을 삼켰다.

"보나 마나 대력왕의 눈은 돌아갔을 것이고, 그 성깔에 가만있을 리는 없을 터."

금거산은 스튜어드에게 손을 휘휘 저어 축객령을 내렸다.

"조용히 지켜보라고 해."

"예, 룽주."

스튜어드가 조용히 문을 닫고 나가자 퍼스트 클래스 좌석은 아늑한 독립 공간으로 바뀌었다.

"이왕이면 14K에 피해를 줬으면 좋겠는데."

마카오.

돈이 모두 모인 땅.

"소에 금목걸이지."

찰나지만 금거산의 눈에 탐욕이 번뜩였다.

시간이 흘러.

상해 푸동 국제공항[上海浦东国际机场].

VIP전용 주차장.

십여 대의 검은 세단이 줄지어 나와 네 갈래로 갈라졌다.

그리고 대력왕이 그중 하나에 따라붙었다.

*   *   *

"이름이 허일이라고?"

"예, 방주."

박현은 허일이라고 소개한 하오문도를 쳐다보았다.

너무나도 평범해, 그다지 인상에 남지 않는 얼굴이었다.

"입방하겠다고?"

"허락해주시면……."

♩♫.

그때 문자 소리가 울렸다.

"죄송합니다."

허일은 사과한 후 재빨리 폰을 들어 확인했다.

문자를 확인한 허일의 눈매가 가늘어졌다.

"방주."

문자를 확인한 허일이 박현을 불렀다.

"대력왕이 바다를 건넜다고 합니다."

"바다를 건너?"

"예."

"이유는?"

"아직 후보고가 올라오지 않아 확인할 수 없지만, 상부에서는 상해로 갔을 확률이 높다 여깁니다."

"상해라."

박현의 눈동자가 반짝였다.

"이것 봐라."

박현이 조완희를 쳐다보았다.

"생각 외로 재미있게 돌아가는데."

조완희도 얼추 상황을 짚어냈다.

"뭔데야? 뭔데야?"

서기원만 빼고.

"뭔데야? 나도 좀 알아야? 뭔데, 뭔데, 뭔데야?"

그러거나 말거나.

"허일."

박현이 허일을 불렀다.

"예, 방주님."

"그대의 입방은 허락하지 않는다."

박현의 말에 허일의 얼굴이 굳어졌다.

"그대가 가진 힘으로는 본인과 함께 걸을 수 없다. 열에 열, 죽는다."

허일에게 잠재된 힘은 일반인들의 눈에는 초인이나 다름 없지만, 이면에서 그는 철저한 약자였다.

"……."

"옆 건물 1층이 비어 있다. 편의점을 내도록 해."

"……예."

허일은 힘 빠진 목소리로 고개를 숙였다.

박현이 손을 휘휘 저어 축객령을 내리자 허일은 조용히 밖으로 나갔다.

"같잖은 수를 쓰는군."

조완희가 그의 뒷모습을 보며 피식 웃음을 삼켰다.

"그건 그렇고. 어떻게 할 거야?"

"뭘 어떻게 해?"

조완희의 물음에 박현이 씨익 웃음을 지었다.

"빈집은 털어야 제맛 아니겠나?"

"직접 갈 건가?"

조완희가 물었다.

"나 혼자 재미 보는 거 보려면 쉽든가."

"안 그래도 요즘 매일 관성제군께서 성화를 부리고 있어서. 그 양반 소원도 풀어줘야지."

"뭔데야? 뭔데야?"

둘의 대화에 서기원이 칭얼거리며 끼어들었다.

"우리 기원이."

박현이 그런 서기원의 어깨에 팔을 얹었다.

"땀 한 번 더 내볼까?"

"땀이어야?"

서기원이 헤벌레 입술을 쭉 찢었다.

"ㅎㅎㅎㅎㅎㅎㅎ."

그리고 음침하게 웃음을 내뱉었다.

*용어

1) 밀어치기: 밀어서 넘어트리는 기술로 상대의 몸을 흔들어 균형을 깬 후, 상체를 아래로 눌러 쓰러지게 하는 기술이다. 주로, 장신의 선수들이 구사하는 기술이다.

2) 밑씨름: 씨름의 스타일 중에 하나. 보통 체격이 작거나 손기술이 좋은 이들이 상대의 품 밑으로 파고들어 경기를 끌고 가는 스타일을 뜻한다.

3) 뒤집기: 씨름의 꽃이라 불리는 화려한 기술 중 하나이다. 상대방의 아래로 파고들어 머리 위로 상대를 들어 등 뒤로 넘어트리는 기술이다.

4) 우조(寓鳥): 산해경 북산경 여덟 번째 산인 괵산에 사는 새의 날개를 가진 쥐다. 양의 울음을 낸다 한다.

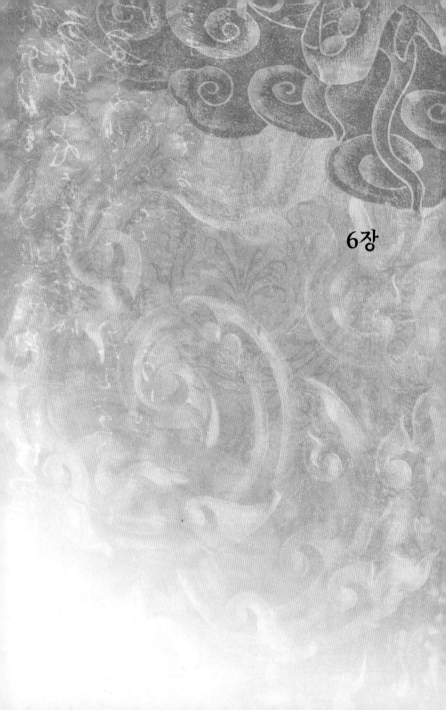

6장

마카오 페리 선착장.

선착장에 내리자, 한 사내가 재빨리 다가왔다.

"어라리야?"

그를 보자 서기원이 믿지 못하겠다는 듯 눈을 몇 번 껌뻑였다.

"안내를 맡은 허삼입니다."

허일이었다.

"그대는 어디 소속인가?"

"환영문입니다."

어째 왕방호나 이놈이나.

박현은 고개를 절레절레 저었다.

"일단 밥부터 묵어야."

"식사 말씀이십니까?"

허일, 아니 허삼의 물음에 서기원이 해맑게 웃으며 고개를 끄덕였다.

"여가 코쟁이 음식으로 유명하다 하던데야."

"포르투갈 말씀이시군요."

"그래야, 그 포 뭐시기."

"마카오풍도 괜찮으십니까?"

"마카오풍?"

서기원이 눈을 반짝이며 물었다.

"예."

"그럼 여기서만 먹을 수 있다는 소리여야?"

"그 ……렇습니다."

서기원의 눈빛이 집요해지자 허삼은 저도 모르게 뒤로 한 걸음 물러나며 대답했다.

"오오!"

서기원은 훌쩍 몸을 날려 허삼의 어깨에 팔을 툭 얹었다.

"마음에 들어야."

"……아, 예."

"뭐해야?"

서기원이 어깨로 그의 어깨를 툭 쳤다.

"······?"

"밥 묵으로 가야지야."

"저, 저를 따라오십시오."

"룰루랄라, 야. 뚜비, 야."

서기원은 콧노래를 부르며 총총 그를 따라 발을 놀렸다.

그가 안내한 레스토랑은 현지에서도 제법 이름을 갖춘
곳이었다.

달그락~ 달그락~

"으메! 으메!"

서기원이 포크를 탁자에 탁 찍으며 눈을 부릅떴다.

"아~ 푸른 하늘 아래 드넓은 고산의 포슬포슬함이란."

"뭐라는 거야? 저 시키는?"

어이없어하는 조완희에게 허삼이 슬쩍 다가가 속삭였다.

"바칼라우에 감자가 들어갑니다."

"가, 감자······."

"대양을 힘차게 헤엄치는 대구가, 나의 입 안에서도 살
아 헤엄을 쳐야!"

이어진 서기원의 외침 속에 조완희와 눈을 미주친 허삼
이 어색한 미소를 지었다.

"하아—."

그에 조완희는 손으로 이마를 짚었다.

그런 그의 눈에 하얀 작은 접시에 놓인 자그만 크로켓처럼 생긴 튀김이 보였다.

"오오! 이것은 비스킷인가? 고운 설탕인가! 아니면 달콤한 톱밥이던가?"

서기원은 마지막 디저트인 마카오 푸딩으로 불리는 세라두라를 한 입 넣고 오물오물거리며 몸을 부르르 떨었다.

"새하얀 설원의 폭신함에, 뿌려진 고운……."

참다 참다 결국 참지 못한.

딱!

조완희가 서기원의 뒤통수를 향해 손바닥을 풀스윙으로 날렸다.

"퍽!"

서기원의 얼굴이 디저트 컵에 처박혔다.

조완희는 손을 탁탁 털며 허삼을 쳐다보았다.

허삼은 비록 말은 하지 않았지만 고맙다는 눈빛을 띠었다. 그리고 조완희가 그에게 미안했다는 눈빛을 전하며 자리에 앉는데.

서기원이 고개를 번쩍 들었다.

"아련한 옛 추억 속에 첫사랑과 나눈 눈싸움의 포근함이 입안에서 터져 나와 입가를 적시는……."

탁!

그 순간 조완희가 탁자를 손바닥으로 내려치며 몸을 날렸다.

그리고 양발을 빠르게 내뻗었다.

퍼버버벅!

"꾸에에엑!"

서기원은 벽으로 날아가 쿵 처박힌 후 멱따는 비명과 함께 바닥으로 툭 떨어졌다.

목을 우드득 꺾으며 돌아서는 조완희를 향해 허삼은 조용히 엄지손가락을 들어올렸다.

"커피나 차를 준비해 올릴……."

때마침 별실로 들어온 종업원이 개구리처럼 바닥에 엎드려 바르르 떨고 있는 서기원을 보자 흠칫 놀랐다.

우롱차로 입을 가신 조완희가 박현을 쳐다보았다.

"언제 시작할 거야?"

"해 지면 시작하자."

"해 지면?"

조완희는 고개를 돌려 창문 밖을 쳐다보았다.

슬슬 밤이 될 시간은 되었지만, 밤이 깊어지려면 제법 먼 때였다.

"……?"

허삼이 의아한 눈으로 박현을 쳐다보았다.

"가장 화려할 때, 부숴야지."

박현이 찻잔을 들었다.

*   *   *

상해의 하늘에 뜬 해가 저물고, 어둠이 왔다.

어둠 속에서 알알이 색색인 휘양 찬란한 네온사인이 건물들이 즐비한 황포강.

고층 건물의 최상층 사무실.

쿵— 쿵— 쿵—

엘리베이터에서 가장 가까운 자리에 앉아 있던 경비원이 규칙적인 울림에 의아해하며 고개를 돌렸다.

엘리베이터 표시창에는 숫자 '1'이 적혀 있었다.

엘리베이터가 1층에 있다는 뜻이다.

쿵—

쿵.

쿵!

울림이 서서히 커지고 뚜렷해지기 시작했다.

옆에 앉아 있던 동료가 그걸 느낀 탓인지 엘리베이터를 힐끔 쳐다본 후 자신과 눈을 마주했다.

"엘리베이터 사고가 난 거 아니야?"

"1층에 있는데 무슨 사고."

"아니 내 말은 엘리베이터를 누가 타고 올라오다가 기계적 결함을 일으킨 게 아니냐 이 말이야."

그 말에 경비원은 급히 모니터를 쳐다보았다.

엘리베이터 내부에는 아무도 없었다.

그리고 1층 엘리베이터 문 앞에도 아무도 없었다.

"아무도 없는데."

쿵! 쿵!

"그럼 이 울림은 뭐야?"

문제는 울림이 가까워지고 있다는 것이었다.

자리만 지킬 수 없었기에 경비원 둘은 자리에서 일어나 엘리베이터 앞으로 다가갔다.

"한번 열어볼까?"

"아서라. 무슨 사달을 일으키려고?"

이 층으로 향하는 엘리베이터는 특별 관리 대상이었다.

아무나 탈 수도 없거니와 흔한 스위치도 없다.

오로지 카드키로 1층과 최상층만 오갈 뿐이었다.

쿵! 쿵! 쿠웅!

"어? 어?"

울림이 선명할 정도로 커졌다.

"지진?"

마치 지진이라고 착각이 들 정도였다.

"지진은 아닌데."

결국 한 경비원이 엘리베이터 문 앞으로 다가갔다. 그리고 차가운 철문에 귀를 댔다.

쾅! 쾅! 쾅!

울림은 소리로 더욱 선명해졌고, 그 선명함은 확실한 느낌을 줬다.

"......!"

경비원은 재빨리 뒤로 물러나며 쇠로 된 곤봉을 꺼내 움켜잡았다.

그그극— 우지끈!

이내 철문이 우그러들며 서서히 문이 열렸다.

"크르르르, 푸후—."

거친 투레질 소리가 흘러나왔다.

『어이! 사문강, 자리에 있나?』

엘리베이터 철문을 우그러트리고 걸어 나온 이는 바로 대력왕이었다.

　　　　　　＊　　　＊　　　＊

　"휘익—."

　박현은 카지노에 들어서며 휘파람을 불었다.

　카지노 안은 어지간한 사람도 가슴을 두근거리게 만들
정도로 별세계였다.

　"여기가 쥐새끼 소굴이란 말이지?"

　쥐들의 우두머리, 자두……

　　"우조는 대력왕의 머리입니다."

　　"머리?"

　　"꾀주머니란 뜻입니다. 14K의 움직임 중 열에 아
홉은 그의 머리에서 나온 것입니다."

　　"그럼 남은 하나는?"

　　"그야 성질머리가 별난 대력왕이 앞뒤 안 가리고
움직인 것입죠."

　　"훗."

　　"대력왕의 행보를 엉기게 만들려면 반드시 그를
죽여야 한다는 게 환영문의 판단입니다."

머리를 쳐라.

환영문의 조언이었다.

자두 우조만 없다면 14K는 그저 힘만 가진 폭력 단체 그 이상, 이하도 아니었다.

물론 상방이기에 그들이 가진 힘은 가히 그 이상이지만 본질적인 부분은 변하지 않는다.

"굳이 본인의 수고를 덜어준다는데."

박현은 씨익 웃음을 지었다.

원래는 상방끼리 충돌시켜 아수라장을 만든 후, 스스로 폭탄이 되려 했었다.

하지만 14K가 폭탄이 되어준다는데.

"마다할 필요는 없지."

박현은 고개를 들어 천장을 올려다보았다.

"카지노 5층에 우조의 사무실이 있습니다."

박현은 고개를 내려 2층으로 올라가는 계단을 쳐다보았다.

"일반인이 출입할 수 있는 곳은 VIP전용 2층까지
입니다. VIP전용 카드입니다."

핑그르르, 박현은 손안에서 카드를 빙빙 돌렸다.

"2층이나 1층이나."

휘익— 퍽!

박현이 손을 털자 카드가 날아가 벽에 박혔다.

쿵!

신력을 담아 진각을 밟았다.

"이왕이면 시끄러워야지. 폭탄이 폭죽이 되려면."

콰앙!

박현은 천장을 부수며 2층으로 몸을 날렸다.

*　　*　　*

북적이는 1층과 달리 2층은 매우 한산했다.

1층이 탐욕으로 가득 찼다면, 2층은 마치 한가로운 리조트를 연상케 할 정도로 여유와 흥을 돋우는 잔잔한 욕망이 흐르고 있었다.

탁!

"힛[hit]."

"스테이[stay]."

"스테이[stay]."

"흠. 더블 다운[doble down]."

착— 착— 착—

테이블 위에서 카드가 돌고.

일반인들은 상상조차 하기 힘든 거액의 돈이 조용히 오가는 그때였다.

"플레이어, 더블 다운을 하셨……."

쾅!

마치 지진이라도 난 것처럼 테이블이 파르르 몸을 떨었다.

게임을 즐기던 몇몇은 의자와 함께 바닥으로 뒹굴 정도로 건물의 울림이 컸다.

"뭐, 뭐야?"

몇몇은 지진인가 싶어 테이블 아래로 몸을 숨기기도 했다. 건물을 뒤흔든 파음은 그것이 끝이 아니었다.

*　　　*　　　*

우르르르 콰쾅!

지진이라도 난 것처럼 사무실이 뒤흔들렸다.

그 시발점인 두꺼운 벽이 우수수 허물어져 내렸다.

"꺄아악!"

"흐억!"

사무실에서 평범한 사무를 보고 있던 이들은 갑자기 한

쪽 벽이 무너지고 건물이 흔들리자 비명을 지르며 저마다 몸을 움츠렸다.

그리고 조심스럽게 시선을 벽으로 옮겼다.

부서진 시멘트 사이로 철근이 보일 정도로 무너진 벽은 흉측스럽게 부서져 있었다.

그리고 하나같이 흠칫 몸을 떨었다.

단순히 벽이 무너져서?

철근이 흉측하게 속살을 드러내서?

아니었다.

그건 바로 얼기설기 얽힌 철근 사이로 누런 눈동자가 보였기 때문이었다.

"쿠르르르르."

짐승의 울음소리.

끼익— 끼익— 후드득! 카드득!

검붉은 줄무늬를 가진 누런 손이 튀어나와 철근을 움켜잡더니 마치 수수깡을 꺾듯 철근을 뜯어 발기는 게 아닌가.

찢어진 벽 사이로 모습을 드러낸 이는 대력왕이었다.

*　　　*　　　*

콰앙!

마치 싱크홀이 생기듯 뻥 뚫린 2층 바닥으로 검은 인형이 툭 튀어올랐다가 내려섰다.

　"뭐, 뭐야?"

　지진인 줄 알고 테이블 밑으로 몸을 숨겼던 한 사내가 박현을 보자 얼굴을 찌푸렸다.

　"자, 자기."

　"괜찮아!"

　사내는 별일 아니라는 듯 품으로 파고드는 애인을 토닥이며 몸을 일으켰다.

　"별 일 아니야."

　"응. 그런데, 자기야."

　"어?"

　"근데 사람이 저기로 튀어오를 수 있는 거야?"

　백치미 가득 묻는 애인의 말에 사내가 눈을 잠시 껌뻑였다.

　들고 보니, 사람이 1층에서 2층으로 튀어오를 수 있나 의문이 잠시 들었지만, 이내 우르르 스쳐 뛰어가는 경비원들에게 시선을 빼앗겨 의문은 금세 지워졌다.

　"당신 뭐야?"

　경비 조장으로 보이는 중년 사내가 박현에게로 다가가 굳은 표정으로 물었다.

그러는 사이 세 명의 경비가 박현의 좌우와 뒤를 에워쌌
다.

조장은 박현 옆, 바닥에 크게 뚫린 구멍을 슬쩍 쳐다보았
다.

뚫린 구멍 아래로 수십 명의 사람들이 옹기종기 모여 수
군거리며 2층을 올려다보고 있었다.

그리고 다시 박현을 쳐다보았다.

그의 머리카락과 어깨에 내려앉아 있는 시멘트 가루의
잔해.

"너……, 누구냐?"

경비 조장은 깨달았다.

앞에 서 있는 박현이 평범한 이가 아니라는 것을.

"우조, 위에 있나?"

툭 내던진 박현의 말에 조장 외에 그를 둘러싼 경비들의
분위기가 바뀌었다.

삭풍처럼 매서운 살기가 박현을 휘감았다.

"거 참, 사람이 묻는데."

박현의 눈매가 가늘어졌다.

"돌아오는 게 살기라."

박현은 한 걸음 내디뎌 경비 조장 앞으로 다가갔다.

"그럼 열 받나, 안 받나?"

쑤아아아악!

박현은 경비 조장이 뭐라 대꾸할 시간도 주지 않고, 곧바로 주먹을 날렸다.

"흡!"

경비 조장은 재빨리 몸을 뒤로 젖혀 박현의 주먹을 피하려 했지만, 생각보다 그의 주먹은 깊었다.

'젠장.'

경비 조장은 철판교(鐵板橋) 수로 완전히 몸을 뒤로 눕혔다.

후아아악—

아슬아슬하게 주먹이 그의 콧등을 스치듯 지나갔다.

"……!"

안도감이 채 피기도 전에 경비 조장은 눈앞으로 뚝 떨어지는 박현의 발에 이를 꽉 깨물어야 했다.

팡!

박현의 내려 차기로 이어진 연격(連擊)에 철판교의 수로 거의 눕다시피 몸을 젖힌 경비 조장은 모든 힘을 허벅지와 발목에 실으며 바닥을 찼다.

콰앙!

경비 조장이 서 있던 자리에 엄청난 폭음이 터졌다.

단순히 폭음만이 아니었다.

대리석으로 깐 장판석이 깨지며 그 조각들이 사방으로 튀어오를 정도였다.

"모두 손님들을."

겨우 박현의 공격을 피한 경비 조장은 블랙잭 테이블에 기대 몸을 일으키며 재빨리 부하 직원들에게 명령을 내리기 시작했다.

2층을 채운 이들의 수가 많지 않다 하더라도, 이들은 이면을 알아서는 안 될 일반인이었다.

"대피……."

하지만 대피 명령을 온전히 내리지 못했다.

왜냐하면.

찰나의 틈도 주지 않고 다시 그를 몰아치는 박현의 공격 때문이었다.

"젠장!"

경비 조장은 자신을 덮쳐오는 박현을 보며 이를 꽉 깨물었다. 피하기만 해서는 죽도 밥도 안 된다는 것을 깨달았기 때문이었다.

'살을 내주더라도, 아니 뼈를 내주더라도, 큼지막한 살점 하나는 베어내고 만다.'

경비 조장은 바닥을 박차고 박현을 향해 몸을 날렸다.

그리고 빠르게 박현의 얼굴과 어깨, 가슴을 향해 주먹을 내질렀다.

"······!"

하지만 박현의 모습은 마치 신기루였다는 듯 눈앞에서 사라졌다.

당혹감이 몸을 짓누르는 순간.

'어?'

경비 조장은 몸이 허공에 붕 뜨는 것을 느꼈다.

허벅지를 죄는 우악스러운 힘에 경비 조장의 눈이 자연스레 아래로 내려갔다.

그제야 알아차렸다.

박현이 눈앞에서 사라진 이유를.

저공 태클로 경비 조장의 허벅지를 감싼 박현은 그를 번쩍 들어올려 블랙잭 테이블 위로 내려찍었다.

콰앙!

엄청난 충돌음이 경비 조장과 블랙잭 테이블 사이에서 터졌다.

우지끈— 우르르 콰당!

경비 조장은 반으로 갈라진 테이블 사이로 파묻혔다.

"꺼억!"

경비 조장은 등과 목을 떠나 후두에서 느껴지는 고통에 찬 신음을 토해냈다.

박현은 그런 경비 조장을 내려다보며 반으로 갈라진 테이블을 들어올렸다.

"아, 안……."

경비 조장이 재빨리 몸을 돌려 피하려 했지만, 박현의 공격이 그보다 빨랐다.

콰앙!

박현은 몸을 뒤집어 피하려는 경비 조장의 등으로 테이블을 내려찍었다.

"끄아아악!"

척추가 부스러진 경비 조장은 끔찍한 비명을 토해내며 축 늘어졌다.

*　　　*　　　*

"어디 있냐? 사문강."

콰앙!

대력왕은 바닥에 찌그러진 철제 책상을 발로 찼다.

우당탕탕— 콰당.

책상은 그 발길질에 붕 날아올라 천장을 찍은 뒤 바닥으로 떨어졌다.

"그만 나와라, 이 쥐새끼 같은 놈아."

끼이익!

그 말에 응답이라도 하려는 듯 깊숙한 곳 사무실 문이 열리며 사문강이 걸어 나왔다.

사문강은 피로 점철되고 엉망이 된 사무실을 둘러보며 눈살을 찌푸렸다.

"오랜만입니다, 방주."

"오랜만입니다, 방주?"

대력왕은 동네 날건달처럼 이죽거리며 근처에 놓친 책상을 번쩍 들어올렸다.

"새끼야, 인사를 하려면 눈깔에서 힘 빼고 해라."

그리고는 다짜고짜 그를 향해 책상을 집어던졌다.

번쩍!

책상이 사문강의 몸을 덮치는 순간, 은빛 궤적이 책상을 반으로 갈랐다.

우당탕탕탕—

반으로 갈린 책상이 바닥에 처박히고, 그 사이로 검은 든 사문강이 서 있었다.

"어떤 연유로 이러는지 모르나, 더는 용납할 수 없습니다."

사문강은 엄청난 인내를 삼켰다.

"용납?"

"……."

"뚫린 입이라고 잘도 떠드는군."

대력왕의 말에 사문강의 눈썹이 꿈틀거렸다.

"언제 이면에 용납 같은 게 있었지?"

대력왕은 짙은 살기를 드러냈다.

"본왕은 반드시 핏값을 받을 것이야."

"핏값?"

사문강은 잠시 의아해하다가, 맹극의 죽음을 떠올렸다.

퍼뜩 떠오른 사실에 사문강은 입술을 지그시 깨물었다.

설마 화살을 자신에게로 돌릴 줄이야.

'우조.'

14K의 책사, 그의 머릿속에서 나온 것이리라.

사문강은 검 자루를 꾹 말아 쥐었다.

문득 죽음이라는 단어가 머릿속을 스치고 지나갔다.

하지만 사문강은 그런 단어를 털어낼 수 있었다.

천운이 내렸다고 해도 좋을 만큼, 운이 그에게 닿아 있었다.

왜냐하면, 오늘 사문강이 이끄는 패검방 무인들이 회합을 위해 모두 모여 있었기 때문이었다.

바로 여기.

"방주."

사문강이 대력왕을 불렀다.

"미안하지만, 오늘 죽어줘야겠습니다."

"어쭈, 이 새끼가."

대력왕은 히죽 웃으며 사문강을 향해 직선으로 달려나갔다.

콰직! 우당탕탕탕— 콰광!

대력왕은 마치 탱크가 밀고 나가듯 가로막은 책상들을 우악스럽게 뒤집으며 사문강 앞으로 달려가 주먹을 내질렀다.

"그냥 뒈졋!"

후아아아악!

그의 주먹이 사문강의 머리를 후려치려는 그때였다.

쑤아아아악!

주변에서 스물이 넘는 검이 대력왕의 몸을 뒤덮어갔다.

"쥐새끼들이 떼로 덤벼봐야 쥐새끼뿐이지."

카가가강! 카강! 카가가강!

이미 알고 있었다는 듯 대력왕은 털을 곤두세우며 날아오는 검을 향해 주먹을 내질렀다.

*　　　*　　　*

카가가강! 카강! 카가가강!

주먹과 검 사이에서 시퍼런 불꽃이 튀었다.

공과 수 사이에 만들어진 찰나의 틈.

쾅!

박현은 진각을 밟아 축지로 포위를 뚫고 우조 앞에 섰다.

"우조, 맞나?"

박현은 우조를 바라보며 씨익 웃었다.

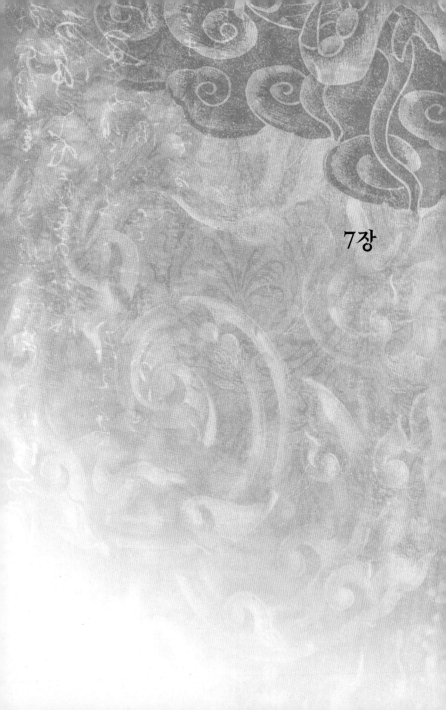

7장

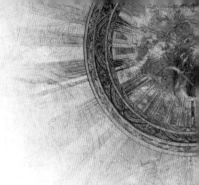

우조는 부서진 벽면을 쳐다보며 눈살을 찌푸렸다.

찌푸려진 눈으로 앞에 선 박현을 쳐다보았다.

"이놈!"

"어딜!"

박현을 둘러쌌던 자단(子團) 단원들이 재빨리, 다시 박현을 둘러싸려 했지만.

"……."

우조는 박현을 빤히 쳐다보며 손을 슬쩍 들어올려 자단 단원들을 뒤로 물렸다.

"누구지?"

우조는 차분한 얼굴로 물었다.

"우조 맞나?"

박현은 그 물음에 피식 웃으며 재차 물었다.

"자네는 누군가?"

우조는 마치 물음을 못 들었다는 듯 다시 물었고.

"우조 맞나?"

박현은 동영상을 리플레이하듯 되풀이하며 물었다.

"재미난 친구로구먼."

우조는 히죽 하얀 이를 드러내며 손가락으로 콧수염을 꼬았다.

"맞네, 내가 우조……."

쑤아아아악!

갈잖다는 듯 대답해주는 우조는 미처 말을 끝마칠 수 없었다. 그건 바로 한순간 눈앞에 밀어닥친 커다란 주먹 때문이었다.

'미, 미친!'

우조는 재빨리 뒤로 물러나려 허리를 뒤로 젖히고, 발로 바닥을 박찼지만, 박현의 주먹은 그보다 더 빨랐다.

콰앙!

묵직한 파음과 함께 우조는 피를 뿌리며 뒤로 날아가 바닥에 처박혔다.

틱—

박현은 주먹에 묻은 핏방울을 털어내며 바닥에 쓰러져 몸을 파르르 떠는 우조를 향해 걸음을 내디뎠다.

"이놈!"

자단 단원 하나가 박현의 걸음을 막으며 검을 휘둘렀다.

팟!

하지만 박현은 축지로 그를 타넘은 뒤 우조 앞에 섰다.

"……!"

충격을 떨치며 자리에서 일어나던 우조는 눈앞에 박현의 발이 나타나자 눈을 부릅떴다.

"흡!"

우조가 소매를 털자 부적 한 장이 튀어나왔다.

후아아아악!

우조는 부적을 양손으로 포개며 박현의 발을 막아갔다.

'……?'

박현의 미간이 꿈틀거렸다.

분명 묵직한 타격이 느껴져야 하건만, 마치 푹신한 폼 매트리스라도 찬 듯 아무런 느낌이 나지 않았다.

'재미난 술(術)을 쓰는군.'

박현은 자신이 내지른 사커킥의 궤적에 맞춰 허공으로 몸을 띄우는 우조와 그의 포개진 양손에 담긴 부적을 쳐다보았다.

탁탁—

우조는 벽과 천장을 밟으며 박현과 거리를 만들었다.

좌라라락!

우조는 뭉개진 코를 움찔하며 허리를 웅크렸다.

그러자 그의 등에서 다섯 개의 창대가 튀어나오더니 부챗살처럼 펼쳐졌다.

그리고 창대에는 형형색색의 깃이 달려 있었다.

붉은색, 파란색, 노란색, 하얀색, 그리고 검은색.

색색의 깃발에 의아한 표정을 지었던 박현이었지만, 이내 그 색이 뜻하는 바를 알아차렸다.

오행(五行).

세상을 이루는 다섯 가지의 근본이었다.

모사꾼이라더니.

'투사(投射)가 아니라 술사(術士)인 모양이군.'

하지만 그것 역시 착각이었다.

"오행수(五行首), 앞으로!"

우조의 말에 다섯 사내가 앞으로 튀어나왔다.

좌라라라라—

우조는 검은 깃발의 단창을 뽑아 사내의 가슴으로 던졌다.

푹!

날카로운 단창이 사내의 가슴을 깊숙이 파고들었다.

"끅!"

살점을 파고드는 창날의 고통에 사내는 몸을 웅크리며 괴로워했다. 그런 고통 속에서 사내는 핏발이 선 눈으로 박현을 쳐다보며 웃고 있었다.

몽글몽글

별안간 비 오듯 땀이 사내의 몸을 뒤덮었다.

'물?'

하지만 박현은 그의 몸을 뒤덮는 땀방울이 땀이 아님을 알아차렸다.

주변 공기에 녹아든 수분을 급격히 빨아들이고 있는 것이었다.

아니나 다를까.

"크핫!"

사내가 만세를 외치듯 몸을 쫙 펼치자.

좌좌좍!

인간의 탈을 만들고 있던 살갗이 터지며 진신을 드러냈다.

사내의 진신은 소꼬리를 가진 반인반마의 말[馬]이었다.

수마(水馬)[1].

"푸르르르."

수마는 거구의 몸집을 자랑하며 양손을 들어올렸다.

그 양손 주위로 자그만 물의 소용돌이가 돌고 있었다.

좌좌좍!

그러는 사이 또 다른 사내가 붉은 깃발에 인간의 육신을 찢고 모습을 드러냈다.

맹괴(孟槐)[2].

"캬르르르르."

붉은 털을 곤두세운 오소리, 맹괴는 불을 뒤집어쓴 듯 열기를 내뿜으며 살기와 함께 울음을 토해냈다.

'재미있군.'

좌좌좍— 좌좌좍— 좌좌좍!

그리고 토(土)의 노란 깃발, 금(金)의 하얀 깃발, 목(木)의 파란 깃발에 이서(耳鼠)[3], 용구(龍龜)[4], 비유(肥遺)[5]들도 진신을 드러냈다.

"저놈은 내 앞으로 끌고 오너라!"

우조의 명에.

"쉬이이잇, 쉬잇!"

가장 먼저 움직인 건 비유였다.

그는 빠르게 땅을 스치듯 기어와 박현의 다리를 노렸다.

박현은 허공에 몸을 띄워 비유의 뱀 꼬리를 피하며 그의 얼굴에 플라잉 니킥을 꽂았다.

퍼석!

비유의 머리가 뒤로 젖혀지며 나무껍질처럼 변한 그의 피부가 부서지고 파편이 튀었다.

"쉬하아악!"

하지만 큰 충격은 없었던 듯 비유는 다른 또 하나의 꼬리를 박현의 얼굴을 향해 휘둘렀다.

쾅!

박현은 재빨리 팔을 들어 얼굴을 보호했지만 만만찮은 충격에 박현의 몸은 뒤로 튕겨져 나갔다.

그런 박현의 뒤를 덮친 건 용구였다.

그는 마치 투우장의 뿔난 소처럼 박현의 등을 향해 몸통을 박찼다.

숫제 쇳덩이 같은 등껍질이 박현의 등을 찍으려는 찰나, 박현의 몸이 허공에서 핑그르르 돌아 용구를 마주 보았다.

깡!

박현은 용구의 머리를 발로 차올렸다.

그에 용구의 몸이 잠시 머뭇 멈췄고, 박현은 그 틈을 놓치지 않았다.

박현은 바닥으로 내려서는 동시에 그의 품으로 주먹을 빠르게 날렸다.

카가가가가강!

박현의 주먹은 마치 샌드백을 두들기는 복서처럼 그의 얼굴과 가슴, 복부를 십여 차례 빠르게 때려 넣었다. 마치 쇳덩이와 쇳덩이가 부딪히듯 날카로운 소리와 함께 자잘한 불꽃이 튀었다.

"쿠후후후."

용구는 가소롭다는 듯 오히려 더 가슴을 크고 넓게 켜며 조소를 내뱉었다.

그리고 품 안에서 주먹을 휘두르던 박현과 눈이 마주치자 용구는 팔을 펼쳤다가 마치 박수를 치듯 박현의 머리를 노렸다.

팡!

박현은 재빨리 뒤로 물러났다.

그런 박현을 노린 건, 불의 기운을 담은 맹괴였다.

후아아아—

맹괴는 박현의 등을 향해 불을 내뿜었다.

"핫!"

박현은 높이뛰기 배지기처럼 땅을 박차며 몸을 뒤로 젖혔다.

"……"

아슬아슬하게 불덩이를 뛰어넘는 박현의 눈매가 가늘어졌다.

고드름처럼 생긴 물바늘 수십 개가 천장에서 아래로 쭈욱 늘어져 내렸기 때문이었다.

아니나 다를까.

핑!

날카로운 송곳 같은 물덩이 하나가 박현의 목을 향해 뚝 떨어졌다.

핑— 핑— 피비비비빙!

하지만 박현의 몸을 노린 건 그 하나가 아니었다.

세찬 소나기가 퍼붓듯 수십 수백 개의 송곳 같은 물덩이가 박현뿐만 아니라 그 주변까지 폭격하듯 내려꽂혔다.

"흡!"

박현은 신력을 끌어올려 몸에 무게를 더했다.

그러자 마치 땅이 그를 잡아당긴 것처럼 박현의 몸이 바닥으로 뚝 떨어졌다.

박현은 아슬아슬하게 자신을 덮쳐오는 물 송곳을 피하기 위해 축지를 밟았다.

"……!"

그러나 박현이 땅을 발로 밟는 순간 동공이 살짝 커졌다.

있어야 할 땅이, 밟혀야 할 바닥이 사라진 것이었다.

"찌직! 찌지직!"

시멘트 바닥에 몸을 반쯤 파묻은, 토의 기운을 담은 이서가 눈을 동그랗게 뜬 박현을 바라보며 살기 어린 웃음을 토하고 있었다.

그리고.

콰콰콰콰콰광!

박현이 순간 허둥대던 자리에 수백 개의 물 송곳이 내려 꽂혔다.

*　　*　　*

"수마!"

우조가 양팔 가득 물을 담고 있는 수마를 향해 소리를 질렀다.

언짢은 불호령에 수마는 움찔하며 뒤로 물러났다.

"쯧."

우조는 바닥을 반구형, 돔(dome) 모양으로 뒤덮은 물덩이를 바라보며 혀를 찼다.

"저놈이 죽었다면 내 큰 벌을 내릴 것이야!"

우조가 오행수를 향해 노기를 드러냈다.

"에잉, 못난 놈들."

우조가 혀를 차자, 오행수는 두려움에 잔뜩 몸을 움츠렸다.

"뭐하나? 어서 치우지 않고!"

우조는 못마땅한 목소리로 수마를 향해 소리를 질렀다.

"옙."

수마가 재빨리 손을 휘젓자, 거대한 반구형 물덩이가 뿌연 수증기를 뿜으며 사라졌다.

"……!"

물덩이가 사라지자 우조의 눈이 부릅떠졌다.

그 안에 쓰러져 있어야 할, 혹은 죽어 있어야 할 박현이 없었기 때문이었다.

"헉!"

"헛!"

오행수들은 헛바람을 들이마시며 재빨리 주변을 살폈다.

비단 오행수만이 아니었다.

우조도 한순간 등골이 오싹해졌다.

"……."

등 뒤에서 느껴지는 섬뜩한 기운에 우조는 재빨리 몸을 틀어 부적을 뿌렸다.

콰과과과광!

건물을 흔들 정도로 엄청난 폭발이 일었다.

"컥!"

하지만 사각에서 뻗어 나온 손이 우조의 목을 우악스럽게 움켜잡았다.

목줄기가 단숨에 틀어 쥐어지자 우조는 숨이 툭 끊기며 괴로워했다.

"자, 자두!"

가장 먼저 나선 건, 수마였다.

주변으로 흩어졌던 물방울들이 마치 시간을 거스르는 것처럼 모여들더니 수백 개의 송곳을 만들어냈다. 그리고 조금 전 그랬던 것처럼 박현을 향해 무차별적으로 쏘아져 날아갔다.

"훗!"

박현은 조소를 슬쩍 머금으며 물송곳이 날아오는 방향으로 우조를 내밀었다.

"헉!"

박현이 마치 우조를 방패처럼 내밀자, 수마는 화들짝 놀라며 다급히 방향을 틀었다.

쏴아아아아—

수백 개의 물송곳은 위로 튀듯 방향을 틀었다. 대부분의 물송곳들은 아슬아슬하게 우조를 스쳐 지나갔지만, 대여섯 개의 물송곳은 우조의 어깨와 목, 뺨을 스치고 지나갔다.

"끅!"

제법 고통이 따끔했는지, 우조의 입에서 미약한 신음이 흘러나왔다.

"흡!"

다시 물송곳을 회수하던 수마의 눈이 부릅떠졌다.

툭!

마치 시간이 정지한 것처럼 위로 치솟던 물송곳들이 멈춰 섰다.

동시에.

수마는 몸이 경직이라도 된 것처럼 몸을 짧게 파르르 떨었다.

"하앗!"

그에 수마는 주먹을 움켜쥐며 신력을 터트렸다.

투웅!

그에 허공에 멈춰 있던 물송곳들이 움찔거리더니, 빠르게 방향을 선회하며 박현을 빼곡하게 에워 감쌌다.

마치 벌들이 적을 향해 독침을 드러내며 위협하듯 물송곳들은 파르르 떨며 날카로움을 드러냈다.

"감히! 감히!"

수마는 박현을 향해 분노를 드러냈다.

하지만 그것도 잠시.

수백 개의 물송곳이 천천히 방향을 뒤집기 시작했다.

"……!"

물이, 물로 만들어낸 송곳이 자신의 지배에서 벗어난 것이었다.

"이익! 으아아아!"

수마는 몸을 살짝 웅크리며 신력을 최대로 끌어올렸다.

물 특유의 파란 기운이 수마의 눈을 통해 폭발하듯 폭사하여 물송곳을 뒤덮었다.

그에 물송곳들이 잠시나마 요동쳤지만, 언제 그랬냐는 듯 물송곳들은 다시 방향을 뒤집고 말았다.

핑!

그러더니 물송곳 하나가 수마의 미간을 향해 화살처럼 날아갔다.

"흡!"

수마는 이어질 고통을 예상하며 눈을 질끈 감았다.

하지만 고통은 없었다.

애애애앵—

마치 벌의 날갯짓 소리처럼 이명이 귀를 파고들자 수마는 눈꺼풀을 떨며 눈을 떴다.

눈 바로 앞에 물송곳이 제자리에서 팽그르르 떨며 떠 있었다.

핑— 핑— 핑—

수마가 눈을 뜨자 기다렸다는 듯 서너 개의 물송곳이 수마를 향해 날아갔다.

"흡!"

수마는 어금니를 꽉 깨물며 다시 지배력을 가져오기 위해 물송곳을 향해 손을 뻗었다.

푸른 기운이 물송곳에 스며들었지만.

파지직!

미약한 불꽃과 함께 그 기운이 다시 튕겨져 나왔다.

그리고 물송곳은 일말의 지체 없이 수마를 향해 쏘아져 날아갔다.

"큽!"

수마는 양팔로 얼굴을 감싸며 몸을 움츠렸다.

하지만 이번에도 고통은 없었다.

공포, 그리고 수치심에 수마는 입술을 파르르 떨며 눈을 떴다.

그 순간!

퍽!

물송곳 하나가 수마의 어깨를 뚫고 지나갔다.

"큭!"

충격에 수마의 몸이 휘청였다.

하지만 그건 시작일 뿐이었다.

퍽— 퍽— 퍽— 퍽!

물송곳은 그의 무릎, 허벅지, 배, 어깨, 어느 한 곳을 가리지 않고 꿰뚫었다.

"수, 수마!"

한순간 피투성이가 되는 수마를 보며 달려든 이는 맹괴였다.

화르르륵!

그는 온몸에 불을 뒤집어쓴 채 박현을 향해 불을 내뿜었다.

시뻘건 화마가 박현을 덮치려 하자, 수백 개의 물송곳이 일사불란하게 화마를 막아섰다.

"어, 어찌……."

그 순간, 상처에 비틀거리던 수마의 눈이 화등잔처럼 떠졌다.

왜냐하면 물송곳이 단순히 불을 막아선 게 아니었다.

송곳 모양이 납작하게 펴지며 원반 형태로 변했기 때문이었다.

물의 원반은 겹겹이 쌓여 완전한 방패 모양을 갖췄다.

"쿠하아아!"

그에 맹괴가 더욱 불을 강하게 내뿜자, 겹겹이 막아선 물원반이 녹아내렸다.

쾅!

결국 맹괴의 화마는 물원반을 뚫고 박현을 향해 덮쳐갔다. 화마는 구불구불 박현을 휘감았다. 서서히 박현을 포위하던 불이 서서히 속도를 더하더니 마치 회오리처럼 매섭게 돌기 시작했다.

"꺼억!"

동시에 맹괴의 눈에 핏발이 서며 그가 고통스러운 신음을 내뱉었다.

왜냐하면 마치 실타래에 실을 감듯 회오리가 된 화마가 강제로 맹괴의 입에서 불을 끄집어내기 시작했기 때문이었다.

강제로 불의 기운이 뽑혀져 나가자 맹괴는 괴로운 듯 몸부림치며 입에서 뿜어져나오는 불줄기를 끊기 위해 몸부림쳤지만 아무 소용 없었다.

"꺼어, 어억."

회오리치는 불이 몸집을 키울수록 맹괴의 몸은 급격히 말라 갔다.

투웅—

그리고 혀가 뽑히는 듯한 소리와 함께 맹괴의 몸이 바닥으로 툭 쓰러졌다.

죽은 그의 시신은 미이라를 보는 것처럼 바싹 말라 있었다.

화르르르륵!

그렇게 맹괴의 모든 기운을 빨아들인 불의 회오리는 더욱 맹렬히 돌다가.

펑!

터졌다.

거대한 불꽃은 복도를 휘몰아치며 모든 생명을 집어삼켰다.

"으아아악!"

"끄아악!"

오행수들의 활약을 위해, 거리를 두고 포위하고 있던 자단의 단원들은 거대한 불의 폭발에 한 줌의 재가 되어 사라졌다.

"끄으으."

잿더미 한가운데서 박현은 우조를 바라보며 싱긋 웃음을 보이며 발을 들어올렸다.

쾅!

바닥을 강하게 내려찍었다.

콰득!

"껵!"

뼈가 으스러지는 소리와 함께 짧은 단말마가 발아래서 피어났다.

불길을 피해 시멘트 바닥으로 몸을 피했던 이서였다.

"끄악!"

그때 처절한 기합 소리가 귀를 파고들었다.

등껍질에 날카로운 톱니를 드러낸 용구는 팽이처럼 몸을 회전하며 박현을 향해 쏘아나갔다.

불에 강한 금(金)의 기운을 가져서인지 폭발을 견뎌낸 모양이었다.

"장난은 이 정도로 끝낼까?"

박현이 손을 털자, 새하얀 조개의 칼날이 튀어나왔다.

쑤아아악— 서걱!

박현이 몸을 틀며 조개의 칼을 휘둘렀다.

칼날에서 신력의 기운이 검강처럼 흘러나와 용구를 난도질했다.

후드드득!

그에 용구의 몸은 수십 조각으로 잘리며 바닥으로 흩뿌려졌다.

"끄으. 너, 너…… 누구냐?"

우조는 공포에 물든 눈으로 박현을 쳐다보며 힘겹게 물었다.

"그게 중요한가?"

"왜……. 사, 삼합회가 무, 무섭지…… 끄으, 않느냐?"

"그 삼합회를 무너트리려고."

"······!"

"대력왕을 폭탄 삼아서."

"서, 설마······, 꺼억."

"맞아. 본인이 투룡방의 곽소룡이야."

"네, 네 이 노······."

"하지만 저승 가면 박현이 보냈다고 해."

박현은 싱긋 웃었다.

"······!"

우조의 눈이 부릅떠졌다.

"그만 가자. 네가 가야 대력왕이 미친 소처럼 날뛰지. 안
그래?"

"아, 안 돼."

우조의 품에서 수십 장의 부적이 튀어나왔다.

"쯧."

수십 장의 부적이 박현에게 달라붙으려 했지만, 투명한 막
에라도 막힌 듯 부적은 그저 허공에서 발버둥 칠 뿐이었다.

콰과과광!

그러자 발악이라도 하려는 듯 부적은 폭발을 일으켰다.

불이 치솟고, 물이 뱀처럼 기어오르고, 날카로운 바람이
베는 등 오행의 기운이 휘몰아쳤다.

하지만 어떤 기운도 박현의 몸을 건들지 못했다.

"이제 가라."

콰직!

박현은 우조의 목을 단순에 으스러트렸다.

턱!

축 늘어진 우조의 시신을 바닥에 툭 던진 박현은 손으로 옷에 묻은 재를 가볍게 털었다.

그리고 화마에 깨진 창문을 향해 축지를 밟았다.

그리고, 그 시각.

대력왕이 마카오로 돌아왔다.

*용어

1) 수마(水馬): 북산경 구여산에 살며, 소꼬리와 앞다리에 물결무늬를 가졌다.

2) 맹괴(孟槐): 북산경 초명산에 살며, 오소리처럼 생겼으며 붉은 갈기털을 가지고 있다.

3) 이서(耳鼠): 북산경 단훈산에 살며, 고라니의 몸에 토끼의 머리를 가졌으나 전체적인 생김새는 쥐와 같다 한다.

4) 용구(龍龜): 북산경 제산에서 발원하는 물줄기가 있는데, 동쪽 대택에 이르는 이 물에 용의 머리를 가진 거북이가 산다 한다.

5) 비유(肥遺): 북산경 흔석산에 살며, 머리 하나에 두 개의 몸을 가진 뱀이다.

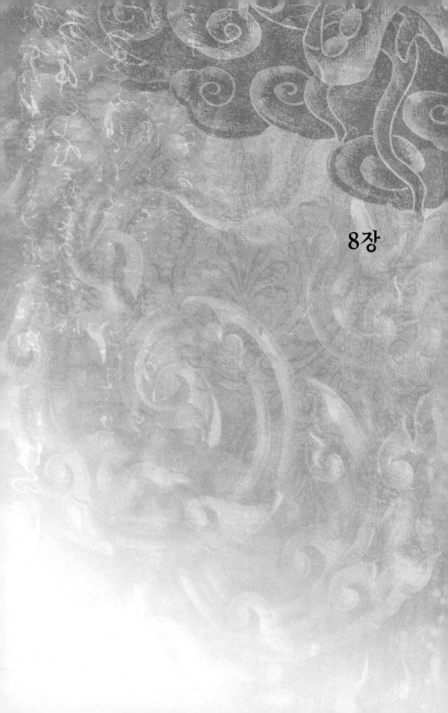

8장

"……누가 죽어?"

외곽룡, 룡주 금거산은 서류를 한참 바라보다가 한순간 멍한 눈으로 총관을 쳐다보았다.

"사문강이 죽었습니다."

"누가? 누가 사문강을 죽여!"

금거산이 목소리를 꾹꾹 눌러 물었다.

"대력왕입니다."

"누구? 대력왕? 우마왕을 말하는 것이냐?"

금거산은 자신의 귀를 의심하며 물었다.

"예, 룡주."

콰직!

금거산은 들고 있던 만년필을 부러트렸다.

"……확실한 건가?"

그 물음에 총관이 품에서 사진 몇 장을 꺼내 공손히 금거산에게 전했다.

"일단 가스 폭발로 수습을 했습니다."

CCTV 사진에는 대력왕의 사진이 선명하게 찍혀 있었다.

"보시다시피 보란 듯이 대놓고 움직였습니다."

"흠."

금거산은 부서진 만년필 잔해를 책상 위에 툭툭 털었다.

손바닥에 묻은 시커먼 잉크를 보자 총관이 재빨리 손수건을 건넸다.

"이유는, 투룡방 때문이겠지?"

그사이 분노를 털어버린 듯 금거산은 냉철한 목소리로 물었다.

"그런 것으로 사료됩니다."

"쯧, 생각지도 못한 뒤통수를 맞았군."

금거산은 나직하게 혀를 찼다.

"총관."

"예, 룡주."

"일단 사문강이 가진 사업체 인수해."

"이미 작업을 시작했습니다."

금거산은 고개를 끄덕였다.

"어찌해야 하나."

금거산은 손수건으로 손에 묻은 잉크를 닦아낸 후 쓰레기통에 툭 던졌다.

"사 대주를 잃은 건 뼈아프지만 일단 숨을 고르는 게 나을 듯싶습니다."

"일단 숨을 고르자?"

금거산은 총관의 조언에 대해 생각에 잠겼다.

"작정하고 치고받자는 놈하고 장단을 맞추면 크게 상하는 법 아니겠습니까?"

그에 금거산은 총관을 올려다보았다.

"제풀에 쓰러지면 그때 단단히 마음먹고 뒤를 치는 게 어떻습니까?"

일리가 있는 말.

"마침 적당한 칼도 있지 않습니까?"

총관이 말한 칼은 투룡방이었다.

"칼날이 예리한지도 봐야겠지?"

금거산이 비릿한 웃음을 지었다.

"좋아. 전장을 마카오와 홍콩으로 국한시킬 방도를 찾아봐."

"예, 룡주."

"종산이하고 충량에게도 전해. 혹시 모르니 움직이기 전까지 단단히 웅크리고 방비하라고."

"예, 룡……."

총관이 막 복명하려는 그때였다.

♪~♩♪~♩♫~

총관의 품에서 벨소리가 울렸다.

"죄송합니다, 룡주."

총관은 재빨리 사과하며 전화를 끊으려 하는데.

"괜찮아. 받아."

어차피 대화는 마무리가 된 참이기에, 그만 나가보라는 의미로 금거산은 손을 저었다.

총관은 조용히 허리를 숙인 뒤 금거산의 집무실을 빠져나가며 전화를 받았다.

"누구? 아!"

그렇게 조용히 문을 닫히는 그때였다.

"뭐?"

총관의 목소리가 급격히 커졌다.

당연히 그 목소리에 금거산의 시선이 그곳으로 옮겨갔다.

"자네!"

총관은 금거산이 곁에 있는 것도 잊은 체 목소리를 높였다.

"휴우—."

총관은 답답한 듯 한숨을 푹 내쉬었다.

"알았소. 일단 끊으시게."

총관은 전화를 끊으며 다시 집무실 안으로 들어왔다.

"무슨 일이지?"

금거산은 벌게진 얼굴을 한 총관을 바라보며 물었다.

"투룡방, 놈들이……."

"투룡방이 왜?"

금거산의 미간이 슬쩍 패였다.

"하아—."

총관은 평소에는 생각지도 못할 한숨을 내쉬었다.

"투룡방, 세 놈이 마카오에 쳐들어가서 자두(子頭)와 유두(酉頭), 미두(未頭)를 죽였다 합니다."

"유두와 미두는 변변찮은 놈들이라 그렇다 치고, 자두? 우조 말인가?"

"예."

총관의 대답에 금거산이 미간을 찌푸렸다.

"끄응."

고심 속에 침음이 툭 튀어나왔다.

"전면전은 피할 수 없겠군."

유두와 미두는 차치하더라도, 자두 우조는 어떤 이인가?

오른팔, 왼팔로 칭해질 측근이 아니라, 14K의 일부터 십까지 모든 것을 만들어낸 머리였다.

아니 어쩌면 우조가 14K라고 해도 과언이 아닐 것이다.

그렇기에 대력왕의 심복 중 심복이었다.

"날이 잘 선 칼날인 줄 알았는데, 검집조차 없는 칼인 줄 몰랐군."

금거산의 목소리가 서늘했다.

"어찌 처리할까요?"

"뭘 어찌 처리해? 마카오 한복판에 던져."

죽을 자리로 보내라는 뜻.

"알겠습니다."

"그리고 당장 위종산하고 장충량 불러들이고, 전 하방에 연락 돌려. 전투 준비하라고."

"예, 룽주."

총관도 굳은 표정으로 다부지게 대답했다.

"……?"

대답 후 총관이 자리를 뜨지 않자 금거산이 의아한 눈으로 그를 쳐다보았다.

"말이 끝난 거 아닌가?"

"수하로서 물어서는 안 될 것이지만 하나만 여쭤봐도 되겠습니까?"

다른 이라면 경을 치겠지만, 대대로 만금장을 보필해온 가신 가문의 핏줄이기에 금거산은 너그러이 받아주었다.

"뭔가?"

"이번 싸움, 어디까지 생각하시는지요?"

금거산의 미간이 좁아졌다.

기분이 나쁘거나 언짢아서 나온 표정은 아니었다.

"전면전입니다."

"그런데?"

"끝을 보시려는 것인지, 적당한 때에 타협을 보시려는 것인지 알고자 함입니다."

총관이 말하고자 하는 바를 알아차린 금거산은 잠시 생각에 잠기는 모습이었다.

"하늘은 어떤가?"

금거산이 눈을 감은 채 물었다.

하늘이라 함은 중국의 천외천 중의 천외천, 오룡을 말함이었다.

"여전히 은둔자적하십니다."

승천을 바라는 것일까, 등선을 바라는 것일까.

어느 순간부터 오룡은 속세에 그다지 간섭하지 않았다.

"하지만 14K와 전면전이야."

"하늘에게 보고를 올리도록 하겠습니다."

그가 말한 하늘은 규룡.

"그만 나가 봐."

"예."

그제야 총관은 허리를 숙인 후 집무실을 나갔다.

"투룡방이라."

그가 나가고 금거산은 의자에 몸을 파묻으며 박현을 떠올렸다.

"이 기회에 정리를 해야겠군."

감히 자신의 뜻 없이 움직인 그들을 용서할 생각은 없었다.

어차피 버릴 패라면, 휘두른 후 버릴 참이다.

"쯧."

금거산은 혀를 차며 살심을 깊이 갈무리했다.

*　　*　　*

"훗."

박현은 통화가 끊긴 스마트폰을 잠시 쳐다보며 피식 웃음을 터트렸다.

"왜야?"

서기원이 물었다.

"길길이 날뛸 줄 알았는데 생각보다 반응이 미지근해서."

"그게 더 무서운 거 알지?"

조완희가 박현의 잔에 맥주를 따르며 말했다.

"아마 우리를 선봉에 세우지 않을까?"

"선봉이라면 다행이게. 자살조로 편입시킬 게다."

"자살조라."

박현은 조완희가 따라준 맥주를 한 모금 마셨다.

"앞으로 어떻게 할 거야?"

"어떻게 할까?"

박현이 짓궂은 표정으로 물었다.

"사룡방을 치자."

"사룡방을?"

박현의 반문에 조완희가 고개를 끄덕였다.

"굳이 마카오에 우리가 손을 담글 필요는 없잖아."

"우리는 홍콩에서 놀자?"

"명색이 외각룡 소속인데 상해에서 놀 수는 없잖아."

"하긴."

조완희가 고개를 끄덕였다.

"왜 못 놀아야?"

그때 안주 삼아 딤섬을 먹고 있던 서기원이 입을 오물오물 거리며 말했다.

"……?"

박현이 쳐다보자 서기원이 고개를 갸웃거리며 말했다.

"상해로 사룡방을 불러들이면 되지 않아야?"

"사룡방을 불러들인다?"

박현이 눈을 반짝이며 조완희를 쳐다보았다.

"가장 가까운데 있는 사룡방 중방이 어디지?"

"남수방(南手幇)."

탁!

박현은 잔을 비우며 탁자에 내려놓았다.

"외각룡이 홍콩에 발을 딛는 순간, 남수방을 치자."

"알았어."

"완희야, 너는 지금 상해로 가라."

"상해?"

"무작정 상해로 도망칠 수는 없잖아. 적당한 곳에 안가를 마련해 둬. 이왕이면 누가 봐도 외각룡이 보호한다는 냄새가 진하게 풍기는 곳으로다가."

박현은 서기원의 어깨에 팔을 턱 얹었다.

"나가 말했지야. 먹을 때는 건들지 말라고야. 나 지금 딤섬을 아주 맛나게 묵고……."

"여기요! 딤섬 종류별로 하나씩 주세요!"

박현의 손을 들어 주문을 왕창 넣었다.

"으메! 으메!"

그에 서기원은 기뻐 어쩔 줄 몰라 했다.

"많이 먹어라."

박현은 서기원의 어깨를 툭 쳤다.

*　　　*　　　*

그 시각.

"으아아아아아아!"

대력왕은 자신의 집무실을 완전히 때려 부수며 분노를
표출했다.

우조라도 있었다면 모를까, 그를 말릴 수 있는 이는 없었
다.

"축두(丑頭)."

대력왕은 축두 모우(牦牛)를 불렀다.

"예, 우마왕."

"모든 방원을 소집시켜! 내 금거산 그놈의 목을 따버릴
참이니까. 까드득!"

"……상해로 가실 참이십니까?"

모우가 화들짝 놀라 되물었다.

"본왕이 우롱을 당했다."

"하지만 상해는 특별관리 구역이라……."

"모우야."

"예?"

"네 말은 본왕이 참으란 소리인가?"

시퍼런 눈빛에 모우는 화들짝 허리를 숙였다.

"아, 아니옵니다."

"당장, 소집시켜!"

"보, 복명!"

축두 우조를 비롯해 십이두들이 화들짝 복명한 후, 재빨리 흩어졌다.

"금 가, 이 새끼!"

대력왕은 이를 까드득 갈았다.

"오냐, 전쟁을 바란다면 해줘야지."

대력왕은 분노를 참지 않고 살기를 터트렸다.

*　　　*　　　*

사룡방.

원탁에 뇌공을 중심으로 사방단주가 자리하고 있었다.

"벌거숭이들 때문에 분위기가 심상찮다고?"

뇌공이 시가를 하나 들며 물었다.

"정확한 사실은 확인되지 않았지만, 투룡방 삼형제가 금거산이 키운 놈들이 아닐까 싶습니다."

동감단주 마광도.

"금거산이라. 자네가 생각하는 바는?"

"육칠 할 정도나, 제 생각에는 팔 할 이상인 듯싶습니다."

"순전히 심증이라는 건데."

"금거산의 밀명이 아니고서야, 더욱이 본진과 동떨어진 곳의 놈들이 아닙니까?"

"그러니까 불쏘시개 역할의 돌격대다?"

"저는 그리 생각합니다."

"흠."

아예 일리가 없지는 않은 추론이었다.

"판단은 유보하지."

"예, 대공."

"그래, 분위기는 어때?"

뇌공은 시선을 돌리며 물었다.

"마카오 쪽의 분위기가 살벌합니다."

서도단(西刀團) 단주 양소산이 대답했다.

"상해 쪽도 차분하지만 매우 기민하게 움직이고 있습니다."

북야단(北野團) 단주 양중생이 보고를 덧붙였다.

"조만간 부딪히겠군."

"대공."

동감단주 마광도가 뇌공을 불렀다.

"전장이 홍콩이 될 확률이 높습니다."

"쯧."

사각—

뇌공은 시가 끝부분을 커터로 잘라냈다.

"그래서 판단은?"

뇌공은 시가용 터보라이터를 들며 물었다.

"우리의 터전에서 싸운다니, 대가를 받을까 합니다."

"대가라……"

뇌공은 시가에 불을 붙였다.

"순순히 내어줄 리는 없고."

뇌공이 마광도를 쳐다보았다.

"마카오든 상해든 어느 한 곳에서 지분을 빼앗을 생각입니다."

"지분을 요구하려면 둘 중 하나와 손을 잡아야겠군."

"굳이 그럴 필요가 있겠습니까?"

마광도가 씨익 웃었다.

"그건 상황을 보고 결정하지."

뇌공이 고개를 끄덕이며 시가를 한 모금 입에 담았다.

"후우—."

입 안에서 돌렸던 연기를 내뿜으며 뇌공은 말을 이었다.

"쓸데없는 피해가 가지 않도록 다들 자중하라고 전해."

"예, 대공."

"그리고, 벌거숭이든 불쏘시개든 그대 쪽 관할이지?"

뇌공은 남수단(南獸團) 단주 진충을 쳐다보았다.

"그렇습니다."

"그들에게서 눈을 떼지 마."

"명."

남수단주 진충은 복명했다.

*　　　*　　　*

긴급 소집령에 투룡방 방원들이 방주실에 모여들었다.

"그간 다들 푹 쉬었나?"

박현의 말에.

"우리야 푹 쉬었다만은……."

최길성이 의심스러운 눈초리를 보내며 말꼬리를 흐렸다.

"상해, 마카오. 어디야?"

박현의 명에 단단히 웅크리고 있던 투룡방이었지만, 주변에 돌아가는 분위기마저 읽지 못할 정도는 아니었다.

특히 하붕거와 황헌은 생각보다 마당발이라 주변 소식을 잘 물어오는 편이었다.

"제가 말하지 않았던가요?"

"안 했어."

"마카오입니다."

조용히 자리를 지키고 있던 허일이 대신 대답했다.

"상해는?"

"대력왕입니다."

"종로에서 뺨 맞고, 한강 가서 눈을 흘긴 꼴이구먼, 낄낄낄."

비형랑이 잔망스러운 웃음을 내뱉었다.

"그렇다기보다는 지략적인 움직임이었을 겁니다."

"……?"

"원한을 더 크게 갚는다. 동시에 투룡방을 계륵으로 만들 요량이었던 것 같습니다."

"이리 치이고 저리 치이게 만들겠다?"

비형랑의 물음에 허일이 고개를 끄덕였다.

"그 사이, 우리 대장께서 마카오를 친 거고."

"정확히는 금거산이 우리를 칼로 쓰려고 하길래 먼저 칼을 휘둘렀지. 때마침 대력왕이 움직인 거고."

"동생, 뜻하지 않게 또 빈집을 털었구먼."

최길성이 재미있다는 듯 웃음을 삼켰다.

"제대로 털었죠."

"무엇을 털었길래?"

"14K 십이두 중 자두 우조의 목을 날렸습니다."

허일.

"우조?"

최길성이 고개를 갸웃거리는데.

"대, 대단하십니다!"

황헌의 목소리가 삐죽 튀어나왔다.

"우조가 왜?"

"우조는 14K의 두뇌인 동시에 유일하게 성정이 격한 대력왕의 고삐를 당길 수 있는 이이기도 합니다."

"고삐가 사라지면, 폭주하겠군."

최길성이 중얼거렸다.

"맞습니다, 형님."

"폭주가 우리한테로 오면 어쩌려고?"

"그래서, 잠시 대피하려구요."

박현이 씨익 웃었다.

잠시 후.

《안～～～녕～～～.》
공동(空洞)을 울리는 귀수산의 인사가 들려왔다.
"미안합니다, 형님. 이럴 때만 찾아와서."
《그～～러～～게～～～ 자～～주～～～ 놀～～러～～오～～
고～～～ 그～～러～～지.》
"하하, 그러게 말입니다. 앞으로 자주 놀러 오겠습니
다."
《아～～니～～야～～～. 농～～담～～이～～야, 농～～담.
바～～쁜～～ 거～～ 아～～니～～까～～～ 신～～경～～ 쓰
～～지～～ 마～～. 하～～하～～～, 하～～하～～～.》
한참 귀수산과 인사를 주고받는데 뭔가 대화가 되풀이되
는 듯한 느낌이었다.
보기와 달리 뒤끝이 있는 걸까, 싶었다.
"우리 왔어야."
서기원이 깡충깡충 뛰며 손을 흔들었다.
《우～～리～～ 동～～생～～도～～ 왔～～구～～나. 완～～
희～～ 동～～생～～도～～ 왔～～는～～가～～? 이～～렇

~~게~~ 보~~니~~까~~ 반~~갑~~네~~. 자~~주
~~ 놀~~러~~오~~고~~. 그~~렇~~다~~고~~ 막
~~ 재~~촉~~하~~고~~ 그~~러~~는~~ 건~~ 아
~~니~~야~~. 그~~냥~~ 시~~간~~ 날~~ 때~~
와~~서~~ 차~~나~~ 한~~ 잔~~ 하~~고~~ 가
~~. 하~~하~~ 하~~하~~.》

심심했던지 귀수산은 말이 많았다.

문제는 여전히 그의 말은 한없이 느리다는 거였다.

"억!"

"수, 숨이."

"숨을 쉴 수가……."

박현 뒤에서 괴로워하는 소리가 들려왔다.

귀수산을 처음 찾아온 하붕거와 황헌과 그의 동생들이었
다.

"왜……, 제게……, 제가 무슨 잘못이라도……, 끄으."

그리고 얼떨결에 따라 들어온 허일이었다.

* * *

다음 날 오전.

투룡방 본거지로 한 무리의 사내들이 우르르 몰려왔다.

그들이 빈 사무실뿐만 아니라 주변까지 헤집고 사라졌다.

그날 오후.

또 다른 사내들이 우르르 몰려와 투룡방 빈 사무실을 휘저은 뒤 사라졌다.

"어제는 14K, 오늘은 외각룡이로군."

허일은 그들의 모습에서 이제 큰 싸움이 터질 것을 예감했다.

*   *   *

"뭐? 없어?"

대력왕이 낮게 으르렁거렸다.

"주변 상인들의 말에 의하면 어제 낮부터 다들 모습을 감췄다고 합니다."

"이 새끼들!"

대력왕이 주먹으로 탁자를 강하게 내려쳤다.

그 힘을 이기지 못하고 탁자가 부서져 나갔다.

"아래층 편의점 사장이 얼핏 '상해'라는 말을 들었답니다."

"상해?"

대력왕의 눈이 눈썹이 역팔자로 휘어졌다.

"그도 자세한 것은 아니지만 '상해' 어쩌고 저쩌고 했다는 것을 보면 분명 상해로 피신한 게 틀림없습니다."

대력왕의 눈썹이 파르르 떨렸다.

"그러니까, 우조의 목을 친 게 금가 놈의 뜻이었단 말이지?"

"그렇지 않다면 투룡방 놈들이 대놓고 이리 설치지 않았을 겁니다. 그리고 보란 듯이 일을 마치자 구역마저 내팽개치고 상해로 가지 않았습니까?"

술두 계변이 확신에 찬 목소리로 말했다.

"지금 당장 홍콩 내 외각룡 기반의 하방들 모조리 쓸어버려."

대력왕이 분노를 드러내며 명을 내렸다.

그 시각.

"없어? 없다고?"

금거산이 총관의 보고에 눈을 껌뻑였다.

"어젯밤 종적을 감췄습니다."

"이 사달을 만들고 모습을 감춰?"

금거산은 너무나도 황당해 잠시 멍한 눈을 띠었다.

"종적은? 아예 못 찾고?"

"실마리를 찾기는 했는데……."

"했는데?"

"그것이."

"말해. 어디로 사라진 거야?"

금거산의 목소리가 커졌다.

"인근 편의점 사장이 방원 몇이 떠드는 걸 얼핏 들었는데……."

"왜 자꾸 말을 흐려? 어디로 갔다는 거야? 어?"

금거산은 애써 짜증을 누르는 모습이었다.

"사, 상해라고 했답니다."

"어디?"

"상해라 들었답니다."

"허허, 허허, 허허."

기가 막히다는 듯 금거산은 헛웃음을 터트렸다.

"그러니까 그 새끼가 일을 쳐놓고 상해로 숨어들었다?"

"정황상 그렇습니다."

"누가 봐도 내가 명령을 내린 꼴이잖아."

"그렇습니다."

금거산은 표정이 싸늘하게 식었다.

"총관."

"예."

"뭔가 이상하지 않아?"

금거산의 머리가 빠르게 회전하기 시작했다.

여러 단편적인 사실들이 순서를 바꿔가며 나열되고, 그 사이의 빈 공간을 상식적인 추론이 채워나갔다.

"이거 혹시?"

금거산이 총관을 쳐다보았다.

"투룡방의 전신이 조방과 아공당이었지."

"그렇습니다."

"아공당은 14K의 중방이었고, 조방이……."

"사룡방입니다, 룡주."

"그래, 사룡방."

금거산은 손가락을 책상을 톡톡 두들겼다.

"사룡방의 암계가 아닐까?"

금거산이 날카로운 눈초리를 만들었다.

"혹여 어부지리를 노린다는 말씀이십니까?"

"14K와 우리가 부딪히면 분명 세력에 틈이 생겨."

"혹시?"

"말해."

"그 사이에 홍콩을 완전히 접수하려는 게 아닌지, 생각이 들었습니다."

딱.

금거산이 손가락을 튕겼다.

"일리가 있어."

금거산은 입술을 지그시 깨물었다.

"뇌공, 실실 좋은 웃음만 흘리는 놈이 아니야. 우리나 14K나 분명 목에 걸린 가시처럼 느꼈을 거야."

"저도 그리 생각합니다. 홍콩을 기반으로 하고 있으나 홍콩 특성상 홀로 차지 못하고 기반을 내어준 상방이니까요."

"이 새끼, 이렇게 뒤통수를 쳐?"

금거산이 입술을 찢듯 차가운 웃음을 띠었다.

"어찌합니까?"

"뭘 어찌해? 우조가 죽은 마당에 대력왕과 마찰은 피할 수 없어."

"하오면."

"피할 수 없으면 즐겨야지. 이번 기회에 마카오에 진출해보자고. 홍콩에서의 빚도 받아내고."

"명!"

총관은 굳은 표정으로 결연하게 복명을 외쳤다.

*　　　*　　　*

중경.

무림맹.

"단주."

새로이 외부단주 직에 오른 하석이 다가와 조용히 단우백을 불렀다.

단우백은 하석을 보며 잠시 섭대곡을 떠올린 듯 회한 섞인 눈빛을 짧게 띄웠지만 애써 털어냈다.

그 눈빛을 아는지 모르는지, 하석이 빠르게 말을 이어갔다.

"조금 전 14K와 사룡방이 부딪혔답니다."

섭대곡이 평소에도 자신의 뒤를 이을 녀석이라며 칭찬을 자자하게 하더니, 섭대곡의 부재가 크게 느껴지지 않을 정도로 일처리가 제법이었다.

"결국 그리 되었단 말이지."

외부단주 하석의 보고에 단우백이 눈을 감으며 깊은 생각에 잠기는 모습이었다.

"하 부단주."

꽤 오랜 시간 고민하던 단우백이 무언가 결심을 한 듯 조용히 눈을 떴다.

"무림대회를 열겠다."

"예?"

외부단주 하석이 놀라 저도 모르게 목소리를 냈다.

"진심이십니까?"

조용히 자리를 지키고 있던 북천단주 고흥이 놀라 반문했다.

현재 맹주 단우백과 소림사가 대놓고 반목을 하는 터였다.

그런데 무림대회라니.

"고흥."

"예, 맹주."

"이 사달이 난 이유가 뭐지?"

"소림이 당치도 않은 욕심을 부렸기 때문이 아닌지요?"

물증은 없지만, 심증은 찾아냈다.

"그 욕심을 채워줘야지."

단우백이 비릿한 웃음기를 드러냈다.

"그 말씀은?"

"소림을 선두로 무당, 화산을 홍콩에 밀어 넣자."

그 말에 하석의 눈이 반짝였다.

"하오면."

"그 사이 중경을 확실하게 장악한다."

북무림에게는 큰 문제가 하나 있었다.

그건 확실한 기반이 없다는 것이었다.

무림맹은 중경에 있었으나, 소림과 무당, 화산의 입김이 강했고, 홍콩은 오룡의 맹약에 의해 진출해 있지만, 또 오룡의 맹약에 의해 사룡방이 기득권을 가지고 있는 곳이었다.

"하 외단주."

"예."

"세 장문인들에게 초대장을 보내도록."

단우백이 고개를 돌려 깡마른 사내를 쳐다보았다.

외천단주 척걸이었다.

"그대는 정안으로 내려가서 모든 외천단원들을 은밀히 소집시키도록."

외천단을 이루고 있는 이들은 정예가 아닌 일반 무인들이었다.

소림, 무당, 화산은 무림맹의 격을 떨어트린다고 무시하지만, 단우백은 그리 생각하지 않았다.

한 손으로 열 손을 막지 못한다고, 일천 명에 가까운 외천단이 주는 수적인 힘은 무시하지 못한다.

다만 평소에는 사방에 흩어져 있기에 그 힘이 미약하게 보일 뿐이었다.

아마 소림이나 무당, 화산은 외천단의 수가 일천에 가까운지도 모를 것이다.

외천단은 단우백의 회심의 한 수였다.

"명!"

척걸은 쇳소리 섞인 목소리로 대답했다.

단우백은 마지막으로 고흥을 쳐다보았다.

"우리는 북천단을 이끌고 손님을 맞이하도록 하지."

"준비하겠습니다."

고흥이 고개를 숙여 대답했다.

*　　*　　*

그 시각.

북경, 공산당 당청사.

세 명의 사내가 원탁에 마주하고 있었다.

"어쩐 일로 회합을 열었나?"

정식 회합이라 함은 공식적으로 결정해야 할 일이 생겼다는 뜻. 남궁세가의 가주 남궁상환이 차를 들며 물었다.

"혹시 홍콩 때문인가?"

개방 방주 배극량이 물었다.

"맞네."

사해방 방주이자, 사천당가 가주인 당철중이 고개를 끄

덕였다.

"홍콩이 시끄럽다고는 들었는데, 일이 제법 커진 모양이
군."

"제법 크지."

당철중이 대답했다.

"참, 자네도 어지간하군."

"그깟 자그만 땅에 뭘 그리 관심을 쏟나?"

남궁상환이 대수롭지 않은 듯 말했다.

"끌끌끌."

그에 배극량이 귀에 거슬리는 웃음을 내뱉었다.

"창천의 남궁은 여전히 남궁이야."

비꼼이 담긴 말에 남궁상환이 미간을 찌푸렸다.

"배가야, 말조심해라."

"홍콩은 중국의 수도꼭지야. 돈의 흐름이 홍콩을 통하
지."

"중원의 것이 더 커."

"물론 더 크지. 하지만 홍콩도 그에 못지않아."

배극량이 팔꿈치를 탁자에 올리며 남궁상환을 빤히 쳐다
보았다.

"홍콩이 별 볼 일 없다면 어찌 사룡방이 우리와 어깨를
견주겠나?"

남궁상환이 무언가 말을 하려 했지만.

"으음."

배극량이 고개를 저었다.

"무력이라고 하지 말게. 요즘엔 무력만큼 금력도 중요하니까. 멀리 갈 것 없이 저 아래 상해만 봐도 알지 않나?"

배극량이 이죽였다.

"그래서 하고 싶은 말이 뭔가?"

남궁상환은 배극량을 무시하며 당철중을 쳐다보았다.

"지금 홍콩은 외각룡과 14K가 거하게 붙었어. 거기에 사룡방도 끼어들 눈치고."

"죽련방은?"

남궁상환이 물었다.

"글쎄, 모르긴 몰라도 끼어들지 않을까?"

당철중이 히죽 웃었다.

"그래서?"

"홍콩도 우리의 것이 되어야 하지 않을까?"

"밑에 애들이 말하는 하나의 중국? 뭐 그런 거?"

"좋아, 그걸로 명분을 삼아볼까?"

당철중이 좋은 생각이 났다는 듯 턱을 쓰다듬었다.

"어쩌려고?"

배극량이 물었다.

"우리에게는 강대한 군대가 있지 않나?"

흔히 착각하는 것이 중국에 국군(國軍)이 있을 거라 여기는 것이다.

하지만 중국에는 국군이 없다.

공산당의 군대인 당군(黨軍)이 있을 뿐이었다.

그리고 그 공산당을 지배하고 있는 건, 바로 사해방이었다.

정확히는 사천당가, 남궁세가, 개방이 사해방과 공산당을 지배하고 있는 것이지만.

"당군이라."

"아무리 일국양제라고 해도 말이지. 국가가 혼란하면 되나?"

당철중이 비릿하게 웃었다.

"호오."

"그래서 말인데."

당철중의 목소리가 낮아졌다.

누가 엿들어서가 아니었다.

그저 집중을 높이기 위해서였다.

"사룡방과 죽련방이 싸움에 끼어들면. 집단군을 심천에 집결시키게."

"군을 투입할 건가?"

"인민무장경찰부대를 보내자고."

"우리 아이들에게 군복을 입히고?"

배극량이 입꼬리를 말아 올리며 물었다.

"그렇지."

고개를 끄덕인 당철중은 남궁상환을 쳐다보았다.

"이미 결정이 난 거 같은데, 나의 의견이 필요한가?"

남궁상환이 물었다.

"알지 않나? 우리의 원칙. 다수결이 아닌 만장일치임을."

"또 따라다닐 건가?"

"자네를 설득하려면."

"노이로제 걸리기 싫군."

찬성한다는 말이었다.

"찬성의 의미로 잔을 칠까?"

당철중과 배극량이 남궁상환을 지그시 바라보며 식은 찻잔을 들어올렸다.

"쯧."

그에 남궁상환도 찻잔을 들었다.

"그리고 안건이 하나 더 있소."

당철중이 남궁상환과 배극량을 보며 씨익 웃었다.

＊　　　＊　　　＊

다음 날.

커다란 원탁을 두고 네 명의 사내가 마주 앉았다.

"참으로 세상사가 재미있습니다. 안 그렇습니까?"

무당파 장문인 우경이 묘한 웃음과 함께 길게 난 수염을 쓰다듬으며 단우백과 소림사 방장 양호를 번갈아 쳐다보았다.

"보아들 하니 본 맹주가 어찌 무림대회를 열었는지 다들 아시는 것 같습니다."

단우백은 양호를 지그시 바라보며 말했다.

"흥."

양호는 콧방귀를 끼며 고개를 옆으로 돌렸다.

"양 방장. 공식적인 무림대회에서 개인적인 은원을 드러내는 것이 금기임을 모르지는 않을 터, 자중합시다."

화산파 장문인 송계조가 양호를 타박했다.

"말씀하시지요."

송계조가 사람 좋아 보이는 미소로 단우백을 쳐다보았다.

"다들 홍콩이 시끄럽다는 것은 아실 겁니다."

"14K와 외각룡이 어제 홍콩에서 부딪혔다는 말은 들었습니다."

"단순히 그것 때문에 우리를 부른 건 아닐 테고."

무당파 장문인 우경.

은근슬쩍 반말투로 말했지만 단우백은 담담한 미소를 유지하며 말했다.

"사룡방도 반드시 그 전쟁에 끼어듭니다."

"사룡방이?"

우경이 눈을 반짝였다.

"확실한 거요?"

이어진 물음에 단우백이 고개를 끄덕였다.

"그런 낌새를 내천(內天)에서 파악했습니다."

"사룡방도 끼어든단 말이지."

우경이 중얼거렸다.

"그게 다는 아닐 것 같은데. 뭔가?"

양호.

그는 호전적인 말로 물었다.

"이 기회에 깃발 세 개를 꽂을까 합니다."

"깃발…… 셋?"

양호의 뺨이 꿈틀거렸다.

"무슨 뜻이지?"

양호가 날카로운 눈초리로 물었다.

"액면 그대로입니다."

"깃발 셋을 꽂는다, 라."

둘 사이에 우경의 목소리가 끼어들었다.

"단순히 우리 사이가 좋아서 깃발을 꽂겠다는 건 아닐 테고."

단우백이 처음으로 입꼬리를 말아 올렸다.

"죽련방을 통해 길을 열어드리죠."

"길을 열어준다?"

양호가 피식 웃음을 삼켰다.

"알아서 깃발을 꽂으라는 건가?"

"싫으시다면 어쩔 수 없군요. 두 장문인들은 어찌하실 겁니까?"

"우리의 힘을 뺄 생각이신가?"

조용히 자리를 지키고 있던 화산파 장문인 송계조가 날카로운 눈빛을 띠었다.

"어쨌든 우리는 하나의 맹 아닙니까? 든든한 아군이 함께 있다면 맹의 입장에서 좋은 거지요."

"뻔한 노림수군."

"죄송합니다, 뻔한 수를 써서."

송계조의 말에 단우백이 고개를 숙여 사과했다.

물론 단우백도, 사과를 받는 세 장문인들도 그것을 사과라 생각하지는 않았지만 말이다.

"어찌하실 생각이오?"

송계조가 우경을 쳐다보며 물었다.

"흠."

우경은 수염을 쓰다듬으며 짧게 침음성을 삼켰다.

"혹여 공작은 없겠지요?"

우경이 단우백을 쳐다보며 물었다.

"없습니다. 단지 지원만 없을 뿐입니다."

"지원이야, 없어도 무방한 것이고."

우경이 흘린 중얼거림에 단우백의 눈빛이 번뜩였다가 곧 사라졌다.

"어찌 생각하시오?"

우경은 송계조를 쳐다보았다.

그리고 양호를 포함해 셋은 입술을 빠르게 달싹거렸다.

전음입밀(傳音入密).

셋은 번갈아가며 단우백을 힐끔거리며 전음을 주고받았다.

"좋소."

전음을 통한 대화가 끝난 것인지 송계조가 단우백을 향해 입을 열었다.

"받아들이지요."

그걸로 무림대회는 끝.

셋은 별다른 말 없이 자리에서 일어나 밖으로 나갔다.

"하아—."

그들이 나가고, 단우백은 힘없는 한숨을 내쉬며 그들이 앉아 있던 자리 앞에 놓인 찻잔을 쳐다보았다.

찻잔에 손도 대지 않았다.

자신을 아래로 보고 있다는 뜻.

위선자.

명문정파라는 이름에, 고고함을 자랑삼아 살아가지만 그들은 위선자일 뿐이었다.

"부, 북주."

고흥이 안으로 들어와 단우백의 눈치를 보며 조심스럽게 그를 불렀다.

"괜찮아. 저 치들이 저러는 게 하루 이틀도 아니고."

단우백은 식은 찻잔을 들었다.

"더러운 오물통에 발을 담기 싫다고 홍콩을 선심 쓰며 넘겨주더니, 이제 와 욕심이 나는 게지."

단우백은 찻물을 단숨에 비워냈다.

"야금야금 중경도 넘보는 것으로도 모자라,"

그때였다.

부르르— 부르르— 부르르—

단우백 품에 있던 전화기가 잔진동으로 전화가 왔음을
알렸다.

휴대폰을 꺼낸 단우백은 액장에 뜬 상대를 보자 얼굴을
굳혔다.

당철중.

그의 이름이 액정에 떠 있었기 때문이었다.

*   *   *

당철중.

명문정파의 오만함을 여지없이 가진 사천당가의 가주이
자, 사해방의 방주.

죽련방, 세 장문인 못지않게 껄끄러운 자였다.

"여보세요."

〈뭘 이렇게 전화를 늦게 받나?〉

"……."

〈또 인상 찌푸렸냐?〉

단우백은 순간 움찔거렸다.

〈어이, 전화 끊은 건 아니지?〉

"아니오."

〈난 또 전화 끊은 줄 알았잖아.〉

"휴우—, 시답잖은 소리 하려거든 끊겠소."

〈나랑 손 한번 잡아보는 거 어때?〉

"무슨 뜻이오?"

뜬금없는 말에 단우백의 미간이 찌푸려졌다.

〈중경에 재미난 일을 꾸미는 거 같던데.〉

"……!"

단우백의 눈이 부릅떠졌다.

〈사람이 고지식한 거야, 아니면 아둔한 거야?〉

"당 방주."

〈그래 봐야 바뀌는 거 없어.〉

"당 방주!"

〈이쪽으로 와라. 중경을 주지.〉

＊　　　＊　　　＊

"흐아암!"

하붕거는 길게 하품을 하며 주변을 둘러보았다.

저마다 편하게 늘어져 한가로이 시간을 보내고 있었다.

특히나.

탁— 탁— 탁—

"펑!"

"츠!"

황헌을 비롯해 직속 수하이자 동생들은 아예 상을 펼치고 시간 가는 줄 모르고 마작을 치고 있었다.

이렇게 지내도 되나 싶을 정도로 평안한 시간이었다.

"소붕."

그때 누군가 그를 불렀다.

"음?"

그 소리에 고개를 돌려보니 조완희가 뒤에 서 있었다.

"어⋯⋯."

"뭘 그렇게 혼자 똥 마려운 강아지처럼 있어야?"

서기원이 스윽 나타나 머뭇거리는 하붕거 곁으로 다가와 친근하게 어깨에 팔을 얹었다.

"그게⋯⋯."

"현이랑, 흡! 그니까야, 현⋯⋯ 아니, 소룡이랑 친구 먹었다 했지야?"

"아이구, 이 붕신."

조완희가 서기원의 엉덩이를 발로 걸어찼다.

"왜 때려야!"

"몰라서 묻냐? 앙?"

"몰라서 물어야? 왜 때려야?"

"너 자꾸 소룡이를 현이라고…….'

조완희는 대드는 서기원을 타박하다가 그도 모르게 '현'
이라는 이름을 내뱉고 말았다.

"멍충아!"

퍽!

서기원은 조완희의 허벅지를 발로 찼다.

"현이 이름을 그렇게 대놓고 말하면 어떡해…… 해,
해…… 야?"

서기원은 조완희를 향해 으스대며 말을 하다 말고 자신
의 실수를 깨닫고는 땀 한 방울을 또르르 흘렸다.

"이, 이게…… 다 너 때문이어야!"

서기원은 그 자리에서 몸을 붕 띄워 드롭킥을 날렸다.

당연히, 둘은 엉켜 투닥거리기 시작했고.

척―

"여어."

비형랑이 하붕거의 어깨에 팔을 얹어 옆으로 잡아당겼
다.

"저 멍청이들이랑 놀지 마……."

"뭐여야? 지금 뭐라고 씨부려야?"

깡!

서기원이 도깨비방망이를 꺼내 바닥을 두들겼고.

"멍청이라고 했냐? 뒈지고 싶냐?"

서기원은 아공간 주머니에서 창대를 꺼내 바닥을 찍었다.

"야! 야! 그거 안 집어넣어?"

둘의 시퍼런 살기에 비형랑은 몸을 움찔거렸다.

"미, 미친 새끼들."

비형랑의 말이 끝나기가 무섭게.

휘익— 후악—

두 개의 검은 그림자는 기다렸다는 듯 바람처럼 날아와 비형랑을 덮쳤다.

후우우웅!

조완희의 창대가 비형랑의 허벅지를 노렸다.

"흡!"

비형랑은 하붕거의 어깨를 지렛대 삼아 제자리에서 뛰어 올라 아슬아슬하게 조완희의 창대를 피했다.

후아아악!

하지만 허공으로 튀어 오른 비형랑의 머리를 향해 서기원의 도깨비방망이가 벼락처럼 뚝 떨어져 내렸다.

'피할 수 없다면.'

비형랑의 눈빛이 반짝였다.

손에 움켜쥐고 있는 무언가를 잡아당겨 도깨비방망이를 막아갔다.

"어라?"

무심결에 당겨 막아선 건.

"얼래야? 네가 왜 거기 있어야?"

도깨비방망이를 내려찍는 서기원도 눈을 껌뻑였다.

"우와아악!"

하붕거였다.

퍼억!

묵직한 파음.

"꽤애액!"

뭔가 억울한 비명 소리가 터졌다.

"웁스!"

비형랑은 하붕거의 뒷목을 슬쩍 놓으며 살포시 뒤로 물러났다.

그런 그의 앞에 하붕거가 개구리처럼 바닥에 뻗어 몸을 파르르 떨고 있었다.

그에.

스르륵—

서기원이 애써 먼 산 보듯 시선을 피하며 둥실 축지를 밟아 그 자리에서 사라졌다.

비형랑은 빙판에서 미끄러지듯 경공술로 뒤로 물러났고, 조완희는 그 전부터 그 자리에서 사라진 지 오래였다.

하붕거 홀로, 외로이 고통에 널부러져 있을 뿐이었다.

휘이잉―

그를 보듬어준 건 어디선가 불어온 한 줄기 찬바람뿐이었다.

"그러니까 대충 눈치를 채고 있었다는 거네."

"어."

하붕거는 어색한 웃음을 지으며 손으로 이마를 긁적였다.

그의 손이 이마에 닿는 순간.

움찔!

몸이 경직되었다.

이어, 파르르―

경련이라도 일어난 것처럼, 아니 몸을 잘게 떨며 경련을 일으켰다.

"아아아악!"

그리고 비명을 질렀다.

하붕거가 무심결에 긁은 이마에 붉고 커다란 혹이 나 있었다.

물론 그 혹은 도깨비방망이가 만들어낸 애달픈 상처였다.

"갑자기 화장실이……."

"앗, 나가 찌개를 올려놨었나 모르겠어야."

"……."

셋은 다시 조용히 사라졌다.

"그러니까, 진명이 곽소룡은 박현, 조완은 조완희, 서원기는 서기원이라는 거지?"

하붕거가 조완희를 보며 물었다.

"맞아야."

서기원이 해맑게 웃으며 고개를 끄덕였다.

"출신이 연변 쪽이 아니고, 한국이고."

"어."

조완희가 대답했다.

"그렇군."

"……."

"……?"

하붕거는 뭔가 싸한 느낌에 고개를 돌렸다.

비형랑이 뭔가 불만에 찬 얼굴로 자신을 쳐다보고 있었
다.

"왜?"

"왜애?"

비형랑이 비꼬듯 말꼬리를 들었다.

"아니, 왜……."

"하나 더!"

비형랑이 진지하게 검지를 세웠다.

"……?"

"하나 더 하라고."

"뭐, 뭐를?"

"질문."

"……?"

비형랑이 손가락으로 서기원과 조완희를 가리켰다.

"질문 둘, 대답 둘. 그럼 나는?"

"……."

하붕거가 잠시 그 말을 이해하기 위해 눈을 껌뻑이자.

"하나 더 하라고. 얼른, 얼른."

비형랑이 하붕거를 재촉했다.

"어……, 에……, 음……."

하붕거는 서서히 일그러지는 비형랑의 얼굴을 보며 필사

적으로 질문을 떠올렸지만, 마음이 급해지자 평소 잘 떠오르는 시답잖은 질문마저 떠오르지 않았다.

"야! 너 지금 나 무시하냐?"

빡!

그런 그의 비형랑의 뒤통수를 시원하게 갈기는 손이 있었으니.

"야이, 씨. 누구……."

"잘한다, 잘해. 응?"

최길성이 비형랑을 쳐다보며 혀를 찼다.

그러는 사이 하붕거가 조용히 옆으로 빠져나가 황헌 곁에 섰다.

"우리 괜찮겠지?"

황헌이 슬쩍 옆으로 한 걸음 물러났다.

"우리는 좀……. 하하, 하하, 하하."

황헌은 은근슬쩍 거리를 뒀다.

옥신각신, 엉망진창의 시간 속에.

허일이 귀수산 동공에 들어섰다.

"소룡님이 말씀하신……."

박현 앞에 선 허일은 허리를 숙였다.

"이제 박현이라고 불러도 돼."

"예?"

"어쩌다 보니 다 알게 되었어."

박현의 말에 허일이 고개를 돌려 하붕거와 그 동생들을
쳐다보았다.

"그렇군요."

허일은 얕게 고개를 끄덕였다.

"지금 홍콩은 전쟁터나 다름없습니다."

"그럼, 우리를 까맣게 잊고 있겠군."

"예."

"좋아, 그럼 슬슬 움직여 볼까?"

박현은 기지개를 쭉 켜며 자리에서 일어났다.

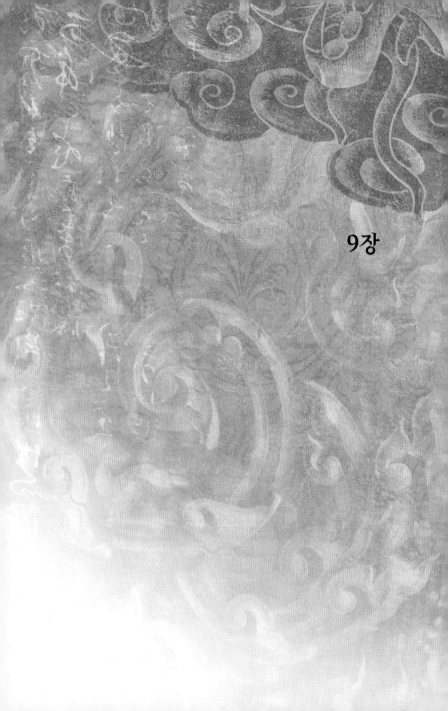

9장

짝!

박현이 손바닥을 크게 쳤다.

"다들 푹 쉬었지?"

그리고 물었다.

"몸에 두드러기가 나기 일보 직전이었다고."

최길성이 목을 두득 꺾으며 자리에서 일어났다.

"이봐, 대장."

두두리가 박현을 쳐다보았다.

"이번에도 꿔다 놓은 보릿자루 역할은 아니겠지?"

두두리의 말을 이어받아, 묘두사가 혀를 날름거리며 물

었다.

"그러면 대장이고 뭐고 재미없을 줄 알아. 끌끌끌."

목여거가 말을 마무리했다.

"홍화. 선화."

"네."

"으흥~."

이선화는 조신하게, 불여우 홍화는 야릇하게 대답했다.

"사룡방 남수단을 은밀히 따라붙어."

"다녀오겠습니당~."

홍화가 발랄하게 대답했다.

"조심하고."

박현이 긴장한 이선화를 바라보았다.

"네. 다녀올게요, 오라버니."

이선화는 얼굴을 살짝 붉히며 대답했다.

"나는! 나는!"

홍화가 박현 팔에 매달리며 애교를 부렸다.

"홍화."

"네~."

"일본에서의 일을 벌써 잊은 건가?"

박현이 눈을 아래로 깔며 쳐다보자.

"히끅."

홍화는 딸꾹질이 튀어나왔다.

"죄, 죄송······."

홍화는 창백해진 얼굴로 허리를 숙이려 했지만, 그녀의 허리는 굽혀지지 않았다.

"아양을 떨고 싶으면······, 그 얼굴부터 바꿔라."

박현은 한숨을 푹 내쉬었다.

"아무리 연상연하가 유행이라도······."

홍화는 슬쩍 거울을 꺼내 자신의 얼굴을 비췄다.

그리고.

"꺄아아악!"

홍화는 비명을 질렀다.

그녀는 그만 잊고 있었다.

일본에서 키츠네를 비롯한 일본 여우 일족에게 위엄을 세운다고 중년의 얼굴을 하고 있었다는 것을.

펑!

홍화는 연기를 터트리며 모습을 감췄다. 그리고 다시 드러난 모습은 앳된 스물 청초한 소녀의 모습이었다.

"어떠세요~, 홍홍."

홍화는 몸을 배배 꼬며 물었다.

툭!

박현은 그런 홍화의 엉덩이를 발로 툭 밀었다.

"다녀오기나 해."

"칫!"

홍화는 입술을 삐죽 내밀며 터벅터벅 이선화가 있는 곳으로 걸어갔다.

"홍화."

"……네."

"몸조심하고. 다치지 마라."

그 말에 홍화의 눈동자가 살짝 떨렸다.

시무룩했던 홍화는 환한 미소를 지으며 고개를 끄덕였다.

"네~."

홍화는 환한 미소를 남기며 이선화와 함께 그 자리에서 사라졌다.

"소붕."

"어? 아니. 옙, 방주."

하붕거도 해이해진 마음을 다잡아 대답했다.

"너희들도 준비되었나?"

"예, 방주!"

"넵!"

"옙!"

황헌과 주유, 곽상천, 백무량도 하붕거를 따라 다부진 목소리로 대답했다.

"가자! 남수단을 쳐 홍콩에 아수라의 장을 연다."

"명!"

"명!"

"명!"

우렁찬 복명이 동공에 울려 퍼졌다.

＊　　＊　　＊

사룡방.

인간의 모습을 가지면서도 신의 힘을 가진 뇌공.

뇌공, 그 존재 자체가 아웃사이더였기에, 중원의 아웃사이더들이 그에게로 모여들었다.

무림의 아웃사이더, 사파.

신의 아웃사이더, 북적(北狄)[1]과 남만(南蠻)[2]의 신.

그렇게 이뤄진 상방이 바로 사룡방이었다.

"남수단은 남만의 피가 흐르는 신수족입니다."

허일이 남수단 사무실을 가리키며 말했다.

"허일."

"예?"

"미안하군, 허이(二)."

"아닙니다."

허일, 아니 허이가 웃으며 대답했다.

"근데, 너 허일 아니어야? 진짜로 아니어야?"

서기원이 허이의 어깨에 팔을 얹으며 물었다.

"그러게, 허일도 허삼도, 그리고 허이라 주장하는 너도, 같이 우리 앞에 모습을 드러낸 적이 없잖아."

조완희도 서기원 반대편에 서서 허이의 어깨에 팔을 둘렀다.

"흠."

조완희는 손을 내려 허이의 어깨와 등을 조물락거렸다.

"히익! 뭐, 뭐하시는 겁니까?"

소름이 돋는 손길에 허이가 화들짝 몸을 뗐다.

"몸은 살수의 것이 맞군."

조완희는 허이를 보며 씨익 웃었다.

그 웃음에 허이의 표정이 한순간 삭막하게 변했다.

"그대도 함께 가나?"

박현이 허이에게 물었다.

"살수가 전면전이라니요."

허이는 허리를 가볍게 숙였다.

"허이."

"예."

"지금 홍콩이 전쟁터라고 했지?"

"그렇습니다."

"일반인들이 보기에는 어때?"

"네?"

허이는 무슨 뜻인지 몰라 고개를 갸웃거렸다.

"서, 설마."

하지만 박현의 비릿한 웃음에 불현듯 하나의 기억을 떠올렸다.

그건 바로 소림사 교건화와의 일전이었다.

그에 허이는 벼락이라도 맞은 것처럼 몸을 떨었다.

"바, 박현 님."

허이는 떨리는 목소리로 박현을 불렀다.

"허이."

"왕 서방에게 전해. 일을 더 키우라고."

"예?"

박현은 허이를 쳐다보았다.

"혼란이 크면 클수록 우리는 자유로워진다."

"하지만."

"그만 가 봐."

박현은 허이의 반론을 막은 채 축객령을 내렸다.

뭔가 할 말이 있어 보였지만 허이는 입술을 꾹 닫으며 조용히 사라졌다.

"왔냐?"

『안녕하세요.』

바닥에서 아기귀신이 쑥 나와 배꼽 인사를 건넸다.

『누나가 저기 5층에 수뇌들이 있다고 전해달라고 했어요.』

"그래?"

박현은 고개를 들어 5층을 쳐다보았다.

"아래층에는 몇이나 있던?"

『에…….』

아기 귀신은 머리를 굴리며 손가락을 열심히 펼쳤다.

마침내 손가락이 다 펴지자 잠시 이러지도 못하고 저러지도 못하다가 마침내 울먹였다.

그 모습에 박현은 따뜻한 웃음을 보이며 아기 귀신의 머리를 매만졌다.

"열은 넘는다는 거지?"

『네!』

"수고했다."

『그럼 안녕히 계세……. 아, 맞다!』

배꼽 인사를 하던 아기 귀신이 고개를 번쩍 들었다.

『누나가 총 마흔 다섯이 있다고 전해달래요.』

"마흔 다섯?"

『네!』

"그렇구나.』

『근데 마흔 다섯이 뭐예요?』

아기 귀신이 초롱초롱한 눈으로 박현을 올려다보며 물었다.

"그건 말이어야."

서기원이 아기 귀신 앞에 쪼그려 앉았다.

"열 손가락 네 번에 다섯 손가락을 말해야."

『아! 그렇구나.』

아기 귀신이 고개는 끄덕였지만 깨우친 거 같지는 않았다.

『앗! 누나가 얼른 오래요. 그럼 안녕히 계세요.』

아기 귀신은 배꼽 인사를 하며 바닥으로 사라졌다.

잠시 훈훈했던 분위기가 빠르게 식었다.

"완희야."

"오냐."

쿵하면 짝이라고, 조완희는 박현의 말에 부적 한 장을 꺼내들었다.

쿠웅!

조완희는 혹시 모를 CCTV나 블랙박스 등 카메라를 막기 위해 부적을 터트렸다.

그 후 박현은 조용히 암호 가면을 썼다.

그리고 그를 따라 투룡방 전원이 그와 같은 호랑이 가면으로 얼굴을 가렸다.

"그럼 손님들 불러볼까?"

깡!

박현은 아공간에서 LPG 가스통을 꺼내들었다.

"또 터트리게?"

조완희가 피식 웃으며 물었다.

"이거보다 확실한 게 없더라고."

"설마 총도?"

조완희는 엽총을 떠올리며 물었다.

"법을 어길 수 있나? 잘 터지는 놈으로다가 하나 붙여주라."

"몇 장?"

"3장."

"층마다 터트릴 생각이로군."

조완희는 부적 3장을 꺼내들었다.

"흠, 대충 10초면 되려나?"

조완희는 휴대용 붓펜을 꺼내 부적의 한 곳을 채웠다.

"준비해."

조완희가 말을 마치자 박현은 가스통을 한 손으로 움켜잡았다.

탁!

조완희가 부적을 깨우며 가스통에 붙였다.

"흡!"

박현은 커다란 가스통을 마치 야구공을 던지듯 5층 창문으로 던졌다.

와장창창창!

가스통은 유리창을 깨며 건물 안으로 사라졌다.

와장창창창— 창!

박현이 연이어 나머지 2개의 가스통을 4층과 3층으로 던졌다.

＊　　　＊　　　＊

남수단.

단주인 진충과 네 방두가 함께 자리하고 있었다.

"두령."

호랑이의 우두머리 호좌(號座) 맹호림이 진충을 불렀다.

"언제 시작한답니까?"

"왜, 몸이 근질근질하냐?"

"크크크크."

맹호림은 낮게 울음을 삼켰다.

"저만 그런 게 아닙니다, 두령."

맹호림이 옆에서 음식을 들이붓다시피 먹고 있는 상좌(象座) 거상림을 가리켰다.

"저 녀석 요 며칠 먹는 걸 두 배로 늘렸습니다."

"녀석."

진충은 거상림을 보며 피식 웃었다.

"너희도 그러냐?"

진충은 나머지 두 방두인 사좌(蛇座) 칠사림과 낭좌(狼座) 표낭림을 쳐다보았다.

"당연한 거 아닙니까, 두령."

"츠흐흐흐."

"하루 이틀 정도만 참아라. 조만간 결정을 내리실……."

네 방두들에게 말을 하던 진충의 눈이 동그랗게 떠졌다.

유리창 너머로 무언가가 빠르게 날아왔기 때문이었다.

"……!"

와장창창창!

유리창을 깨고 안으로 튀어들어 건 LPG통이었다.

"음?"

진충이 의아함을 느낄 때, 엄청난 폭발이 그들을 덮쳤다.

* * *

콰과과과광!

5층에서 폭발이 일었다.

당연히 폭발은 5층에서만 끝나지 않았다.

4층, 그리고 3층.

연이어 폭발하며 건물 자체가 흔들렸다.

"잘 터지는군."

박현은 팔짱을 낀 채 불길에 휩싸인 건물을 올려다보았다.

띠리리리리링!

화재경보기가 귀가 따가울 정도로 울렸고.

쏴아아아—

천장에 달린 분사식 소화기가 터지며 한 바가지 물을 쏟아냈다.

위이이잉!

소나기처럼 내리붓는 물줄기 아래 수천수만 마리의 벌레들이 몇 무리의 떼를 지어 날다가 한곳으로 모였다.

그 벌레들은 서로 몸을 포개며 사람 모습을 갖춰갔다.

"크핫!"

그리고 분노에 찬 포효를 터트렸다.

"거상림, 괜찮으냐?"

진충은 LPG 폭발을 온몸으로 막아낸 거상림을 쳐다보며 물었다.

"쿠후우우우!"

근 4m에 가까운 거구가 고개를 돌렸다.

"두령, 나 상좌요. 이깟……."

콰과과과과광!

그때 다시 한 번 더 건물이 흔들렸다.

콰과과과과광!

그리고 한 번 더.

"어떤 새끼가! 캬르르르!"

거상림 뒤에서 화기를 피했던 표낭림이 발 빠르게 창문 쪽으로 달려 나가 아래를 쳐다보았다.

그리고 자신을 올려다보는 한 무리의 가면을 쓴 이들과 눈이 마주쳤다.

그리고 보았다.

그 무리 앞에 선 이가 자신을 보자 비릿하게 웃는 것을.

"이 새끼!"

이미 화가 머리꼭지까지 난 표낭림은 창문 밖으로 몸을 훌쩍 날렸다.

"낭림!"

진충이 표낭림을 불렀지만, 이미 그는 밖으로 몸을 날린 후였다.

바닥으로 가볍게 착지한 표낭림은 가장 앞에 서 있는 박현에게로 몸을 날리다가, 자신을 향한 수많은 시선을 보자 순간 '아차' 싶었다.

박현은 그 순간의 머뭇거림을 놓치지 않았다.

그 자리에서 몸이 사라지듯 앞으로 튀어나간 박현은 표낭림의 가슴을 발로 후려 찼다.

쾅!

엄청난 폭음과 함께 표낭림은 뒤로 날아가 시멘트벽을 부수며 처박혔다.

"크르르르!"

벽에 박힌 표낭림은 붉은 피로 물든 사나운 이빨을 드러냈다.

누런색으로 변한 눈으로 박현을 노려본 표낭림은 양손으로 시멘트벽을 후려치며 파묻힌 몸을 빼냈다.

"캬르르르르!"

그리고 좀 더 날카로운 울음을 터트렸다.

하지만 진신을 드러내지는 않았다.

주변을 둘러싼 일반인들의 시선 때문이리라.

표낭림.

이리의 이빨이라도 드러냈으면 조금이나마 희망이 있지 않았을까 싶지만은.

"물러!"

박현이 쿵 발을 가볍게 들어 무겁게 바닥을 찧었다.

그리고 터져 나온 기세.

"……!"

그 기세에 표낭림이 움찔거렸다.

그럼에도 진신을 드러내지 않았다.

"그래서 네가 무른 거야."

쿵!

박현은 다시금 발을 굴려 표낭림을 향해 몸을 날렸다.

"크하……."

가장 익숙한 백호의 모습이 언뜻 드러나기 시작할 때였다.

'훗!'

순간 재미난 생각이 떠올랐다.

쾅!

가볍던 걸음이 두 번째 걸음에서 갑자기 무거워졌다.

"쿠후우―."

울음소리도 바뀌었다.

카랑거리는 울음이 공기를 묵직하게 누르는 웅장함으로.

그런 울음에 걸맞게 박현의 몸은 한순간 덩치를 쑥 키웠다.

3m가량의 거구의 몸이 날아가 겨우 시멘트벽에서 튀어나오려는 표낭림을 그대로 들이박았다.

콰앙!

"킥!"

표낭림의 몸이 시멘트벽에 더욱 깊게 박혔다.

쩌적― 쩌저적.

그런 그의 주위로 시멘트벽에 더욱 굵은 금이 그어졌다.

쾅!

박현은 고통에 바르르 떠는 표낭림의 가슴을 한 번 더 발로 강하게 차 벽에 밀어넣었다.

"꺼어억―."

박현은 고통에 신음하는 표낭림의 가슴에 발을 얹은 채 고개를 옆으로 돌렸다.

근 사십이 넘는 사내들이 우르르 몰려 내려왔다.

"소?"

가장 먼저 박현을 보자 남만 호랑이의 일좌(一座), 호좌 맹호림이 앞으로 튀어나왔다.

"14K, 이 개새끼들!"

맹호림이 몸을 바르르 떨며 몸을 웅크렸다.

"크르르르르!"

호랑이의 울음이 흘러나오며 그의 몸이 꿈틀꿈틀 부풀어 올랐다.

『호랑이라.』

박현은 발을 크게 들어 올렸다가 내려찍었다.

콰직!

그의 발아래 깔려 있던 표낭림은 거대한 힘을 이기지 못하고 가슴이 함몰되며 고개가 아래로 툭 떨어졌다.

"이노옴!"

맹호림이 분노에 찬 일갈을 터트리며 인간의 육신을 깨고 앞으로 튀어나가려는 그 순간.

쿵— 쿵— 쿵— 쿵—

그보다 먼저 튀어나간 이가 있었으니, 바로 코끼리의 일좌(一座), 거상림이었다.

그는 인도에 깔린 보도블록을 마구 으스러트리며 박현을 향해 달려들었다.

하지만 그의 앞을 가로막은 이가 있었으니, 서기원이었다.

쿠웅!

서기원은 4m에 가까운 거대한 코끼리, 거상림의 배를 어깨를 들이박았다.

"쿠후!"

묵직한 것이 배에 턱 걸리자, 모든 것을 부술 듯 밀고 나가던 걸음이 멈췄다.

"네가 그리 힘이 좋아야?"

가슴 아래에서 들리는 목소리에 거상림이 시선을 아래로 내렸다.

"나도 어디 가서 힘 빠진다는 말은 안 들어야."

서기원은 씨익 웃더니 거상림의 허벅지를 움켜 안았다.

"흐엇!"

힘을 써 거상림의 다리를 번쩍 들어올렸다.

그리고는 씨름의 밀어치기 기술을 이용해 거상림을 밀어제쳤다.

쿵! 쿵!

거상림은 깨금발로 균형을 잡더니 통나무처럼 굵은 팔을 뻗어 서기원의 허리를 움켜잡았다.

"이놈! 감히 본좌에게 힘을 논하느냐!"

거상림은 서기원의 허리를 두 팔로 죄기 시작했다.

"끕!"

가슴을 통째로 으깨는 듯한 어마어마한 힘에 서기원이 저도 모르게 신음을 삼켰다.

"크크크!"

거상림이 웃자.

"푸흐흐흐!"

서기원도 웃었다.

"웃어?"

거상림은 팔에 더욱 큰 힘을 주며 이죽거렸다.

"내가 말이어야. 부처님의 은덕을 입은 깨비라 이거여야."

쿵!

서기원의 눈에서 붉은 금강의 눈빛이 드러냈다.

"와야, 와야, 와야! 광목천왕! 와야!"

쿠웅!

순간 서기원의 몸이 2개가량 커지자, 거상림은 그의 몸통을 끌어안고 죄던 두 팔이 풀릴 뻔했다.

악을 쓰듯 용을 써 팔이 풀리는 것만은 막을 수 있었다.

"무, 무슨."

분명 몸집이 2배가량 커졌는데, 그걸 보고 또 몸으로 느꼈는데.

서기원의 몸은 여전히 작은 그 모습 그대로였다.

"푸흐흐흐흐!"

서기원은 고개를 들어 거상림을 올려다보았다.

오싹!

서기원의 붉으면서도 웅후한 황금빛 눈동자에 거상림은
등골이 오싹해짐을 느꼈다.

"흐앗!"

서기원이 허벅지를 단단히 움켜잡으며 번쩍 들어올렸다.

"흡!"

전과 달리 몸이 허공에 붕 뜨자 거상림의 눈이 부릅떠졌
다.

그리고 순간 하늘이 뒤집어졌다.

콰앙!

그리고 등에 묵직한 충격이 느껴졌다.

'보, 본좌가 힘에 밀려 쓰러져?'

얼굴이 붉게 달아오르며 코에서 뜨거운 콧바람이 훅 흘
러나왔다.

거상림은 머리를 털며 재빨리 자리에서 일어났다.

"흐흐흐흐!"

그런 그의 앞에 서기원이 가슴을 쭉 내민 채 웃고 있었
다.

그러는 사이.

"샤하아아악!"

커다란 비단뱀이 건물 벽에서 툭 떨어지며 박현을 향해 이빨을 드러냈다.

쑤아아아악— 쾅!

그런 비단뱀, 사좌 칠사림의 눈앞으로 커다란 언월도가 아슬아슬하게 스치듯 지나가 벽에 꽂혔다.

쿠웅—

칠사림은 급회전하듯 몸을 틀어 파르르 떨리는 창대를 구불구불 말며 몸을 세웠다.

"쉬이이익!"

칠사림은 혀를 나풀거리며 언월도가 날아온 방향을 쳐다보았다.

『허허허허!』

조완희는 평소와 다른 묵직한 웃음을 터트렸다.

『남만의 뱀족이로구나.』

조완희는 칠사림과 눈을 마주하며 언월도를 향해 손을 뻗었다.

픽!

언월도는 누군가 손으로 잡아당긴 것처럼 튀어나와 조완

희의 손에 들렸다.

쿵!

『오너라! 남만의 족장이여!』

조완희는 언월도를 바닥에 찧으며 낭랑하게 외쳤다.

"사하아아악!"

그에 칠사림이 조완희를 향해 몸을 날렸다.

『어이. 그대가 진충인가?』

박현은 거구의 몸을 이끌고 왜소한 몸집의 진충 앞으로 걸어가 내려다보았다.

"대력왕이 보냈나?"

진충은 마치 틱 장애라도 있는 것처럼 몸 곳곳을 꿈틀거리며 물었다.

『그건 저승 가서 물어봐!』

박현이 진충의 얼굴로 주먹을 휘둘렀다.

퍼석!

박현의 일격에 진충의 몸이 산산이 부서져 사라졌다.

왜애애애애애앵!

부서진 파편들은 회오리바람처럼 박현의 몸 주변을 맴돌기 시작했다.

『충. 과연 벌레들의 왕인가?』

박현은 자신을 향해 죄여오는 수천수백 마리의 벌레들을 향해 씨익 웃으며 살기를 터트렸다.

*용어

1) 북적(北狄): 중국의 관점에서 북방의 소수민족에 대한 호칭이다. 북적의 소수 민족은 중국 시대상에 따라 조금씩 바뀌어 왔다.

2) 남만(南蠻): 남만은 남쪽의 야만인들이라는 뜻으로, 지리적으로 복건성, 광둥성을 비롯해 운남성과 베트남 북부 일부를 지칭한다.

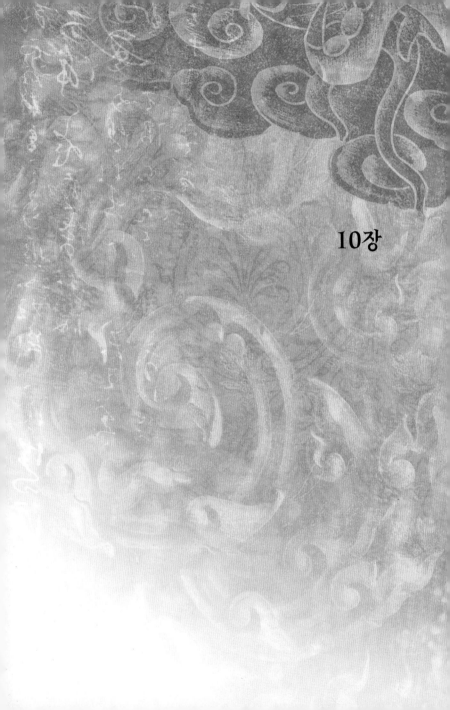

10장

북경, 자금성 내 금지(禁地).

일반인들의 출입이 철저하게 통제되어 있는 한 전각에, 세 명의 사내가 자리하고 있었다.

"또 촉(燭)과 신(蜃)인가?"

오룡의 수장이자, 회합을 연 응룡이 미간을 찌푸렸다.

"촉은 어느 산에서 도를 닦는다 치더라도……. 신, 이 녀석은. 쯧."

"황금산에 묻혀 살아가는 게 유일한 낙인 녀석 아닙니까?"

규룡이 수더분한 목소리로 그를 두둔했다.

"죽어, 가져갈 것도 아니건만."

"그래서 수천 년이면 가져갈 만하죠."

규룡이 수더분한 목소리에 어울리는 부드러운 미소를 지으며 신룡을 두둔했다.

"그대도, 신도, 금을 좋아하는데…… 참 방식이 달라도 많이 달라."

응룡의 말에 규룡은 그저 담담한 미소로 답을 대신했다.

"단지 안부나 묻자고 모인 건 아닐 테고."

반룡이 술잔을 기울이며 물었다.

"당군이 움직였어."

"그렇더군요."

규룡이 고개를 끄덕였다.

"홍콩이 꽤나 시끄러워."

"우리 아이들도 부산하긴 하더군요."

규룡이 말을 더하며 반룡을 쳐다보았다.

"말하면 뭐해? 뇌공이 본좌의 말을 들을 녀석도 아니고."

반룡은 무신경하게 대답했다.

"대지에 피바람이 불어도, 하늘은 고요한 법이지."

"하늘마저 폭우에 휩싸이면?"

응룡이 물었다.

"그저 구름만 흩날릴 뿐, 하늘은 하늘이죠."

"새로운 구름이 오겠군."

응룡이 창문 너머 하늘을 올려다보았다.

"그 구름에 별의 개수도 바뀌었으면 좋겠군요."

규룡도 하늘에 펄럭이는 오성깃발을 쳐다보았다.

"이 기회에 마카오와 홍콩, 대만도 온전히 품에 안는 게 어떤가?"

반룡도 하늘을 쳐다보았다.

"폭우가 지나면 알게 되겠지."

응룡이 씨익 웃음을 지었다.

*　　　*　　　*

우우우웅!

가장 먼저 백우의 박현에게로 달라붙은 건 벌떼였다.

하지만 벌떼는 시작이었다.

어느새 바닥을 기어온 거머리는 다리에 들러붙어 슬금슬금 피를 빨려 했고, 전갈과 지네들이 허리로 기어올라 와 살갗을 파고들었다.

그 외에 듣도 보도 못한 벌레들이 박현의 몸을 파고들기 시작했다.

'툭.'

박현은 진충이 서 있던 곳을 쳐다보았다.

그곳에 진충은 없었다.

하지만 박현은 진충을 보았다.

정확히는 그가 서 있던 곳에 고고하게 떠 있는 한 마리 곤충이었다.

녹푸른 빛이 감도는, 처음 보는 벌레가 붉은 눈으로 자신을 쳐다보고 있었다.

'저게, 진충의 본신이로군.'

박현의 눈빛이 반짝였다.

"흡!"

박현은 숨을 들이마신 뒤, 온몸에 달라붙는 벌레들을 털며 그를 향해 몸을 날렸다.

하지만 그런 박현을 비웃기라도 하듯.

애애애앵—

진충은 박현의 손가락 사이로 지나가 하늘로 날아올랐다.

타다다닥!

그리고 그런 박현의 등 뒤로 수천 마리의 벌레들이 다시 달라붙었다.

"쿠후우!"

박현은 재미있다는 듯 씨익 웃으며 다시 몸에 달라붙은 벌레들을 털어내며 벽을 타고 진충을 향해 기어오르기 시작했다.

그런 그의 뒤를 검은 먹구름처럼 뭉친 벌레들이 빠르게 쫓아나갔다.

쿵!

박현은 벽을 부술 듯 밟으며 진충이 떠 있는 곳으로 손을 뻗었다.

『크크크크!』

진충은 박현의 손가락 사이로 유유히 빠져나와 박현의 눈앞에 떴다.

『아둔한 소답구나.』

마치 전음처럼 진충의 목소리가 머릿속을 울렸다.

『과연 그럴까?』

명백한 비웃음.

순간 등골이 싸한 느낌에 진충의 자그만 몸이 파르르 떨렸다. 본능적으로 진충은 하늘로 날아올랐다.

쏴아악!

그런 진충의 머리 위로 하얀 장막이 쳐졌다.

듬성듬성 구멍이 숭숭한 그물이 아니었다.

애애앵—

진충은 재빨리 아래로 선행했다.

『……!』

하지만 그를 가로막은 하얀 장막이 하나 더 있었다.

『젠장!』

진충은 다시 한 번 더 몸을 틀어 옆으로 빠져나가려 했지만, 그보다 더 빠르게 위아래의 하얀 장막이 그를 덮쳤다.

콱!

이가 맞물리는 소리와 함께 세상이 까맣게 변했다.

콱!

마치 하마가 먹이를 집어삼키듯 커다란 조개껍데기가 진충을 가뒀다.

마치 세상에 소리가 사라진 듯, 싸한 정적이 흘렀다.

그리고 그 정적을 깬 건, 수천 마리의 벌레였다.

우애애애앵!

수천 마리의 벌레들이 조개껍데기를 향해 달려들었다.

타다닥— 타닥!

조개껍데기 위로 벌레가 터지는 소리가 만들어졌지만, 그게 끝이었다.

조개껍데기에 벌레가 가지고 있는 독이 통할 리 없었다.

또 물어뜯는다고 해서 고통을 느낄 리도 없었다.

결국 벌레 떼는 방향을 틀어 벽에 매달려 있는 박현을 덮쳤다.

박현은 벌레를 피해 아스팔트 위로 뚝 뛰어내렸다.

쾅!

벌레들은 마치 자폭이라도 하겠다는 듯, 바닥에 내려선 박현을 향해 빗살처럼 쏟아져 내렸다.

박현은 고개를 들어 자신을 덮쳐오는 벌레 떼를 올려다보았다.

우우우우웅!

벌레 떼가 내뿜는 소리가 박현을 뒤덮으려는 그때, 박현은 가볍게 발을 굴렸다.

우우웅— 웅웅— 웅—

축지를 밟아 박현이 사라지자, 벌레 떼는 한순간 사방으로 흩어졌다 뭉치기를 반복하며 무질서하게 방황했다.

그리고 그중 한 마리가 하늘에 떠 있는 박현을 발견하고 다시 하늘로 솟아오르자, 우왕좌왕하던 벌레 떼가 다시 일사불란하게 하늘로 날아올랐다.

박현은 다시 무리 지어 자신을 덮쳐오는 벌레 떼를 내려다보며 옆으로 손을 뻗었다.

툭—

그러자 조개껍데기가 침을 뱉듯 진충을 내뱉었다.

박현은 진충을 엄지와 검지로 잡아 살살 돌렸다.

『그대가 죽으면 저 벌레 떼는 어찌 될까?』

『아, 안 돼!』

진충이 살아남기 위해 자그만 몸으로 발악을 했지만, 박현의 손에서 빠져나가기에는 너무나도 작고 연약한 몸이었다.

뿌직—

진충의 발악이 무색하리만큼 진충의 몸은 가볍게 으깨졌다.

박현이 손에 묻은 진충의 잔해를 툭 털어내며, 자신을 덮쳐오는 벌레 떼를 내려다보았다.

우우우웅— 우와아아앙!

일사불란하게 무리를 이루고 움직이던 벌레 떼가 갑자기 요동치더니 사방으로 흩어지기 시작했다.

그 사이로 박현이 느긋하게 내려섰다.

그런 박현의 등 뒤를 덮친 이가 있었으니.

"크하아아앙!"

바로 호좌 맹호림이었다.

4~5m는 될 법한 거대한 호랑이가 몇 걸음에 거리를 좁히며 박현의 뒷덜미를 향해 날카로운 발톱을 세운 앞발을 휘둘렀다.

박현은 몸을 돌려 왼손으로 앞발을 턱 막은 뒤, 맹호림의 머리를 향해 오른 주먹을 크게 휘둘렀다.

쾅아앙!

엄청난 파음과 함께 맹호림의 얼굴이 그 자리에 튿겨 나가듯 사라지며, 바닥으로 툭 떨어졌다.

박현은 축 늘어진 맹호림의 시신을 발로 밟으며 가슴을 쭉 폈다.

"쿠허어어엉!"

주먹으로 가슴을 한 번 툭 치며 보란 듯이 승리의 울음을 터트렸다.

그리고, 그 시각.

서기원과 거상림, 조완희와 칠사림의 싸움도 막바지로 치닫고 있었다.

또, 투룡방의 방원들 역시 악착같이 몰아치는 남수단의 단원들과 치열하게 싸워나가고 있었다.

최길성과 비형랑 일행은 문제가 없었으나.

'역시 힘이 부치는군.'

하붕거를 비롯한 황헌과 그 동생들은 아슬아슬할 정도로 위태롭기 그지없었다.

쿵!

박현은 발을 굴려 축지를 밟았다.

열세를 면치 못하고 힘겹게 싸워나가던 하붕거였다.

그때 하얀 무언가가 눈앞을 스치더니, 퍼석— 머리가 터졌다.

"헉!"

하붕거는 그에 놀라 화들짝 뒤로 놀라며 눈을 부릅떴다.

동시에.

"흡!"

"헛!"

동시에 황헌과 동생들의 목소리가 터져나왔다.

아니나 다를까 한 줄기 하얀 바람이 스치고 지나가자 남수단 맹수들이 퍽퍽 쓰러지기 시작한 것이었다.

그리고 멈춰선 하얀 바람은 다름 아닌 거대한 하얀 소, 박현이었다.

『얼른 끝내고 가자!』

박현은 얼떨떨하게 서 있는 하붕거의 어깨를 가볍게 툭 치며 서기원과 조완희를 향해 소리쳤다.

"다 끝나가야!"

"알았노라!"

서기원과 조완희의 목소리도 들리지 않는 듯 하붕거는 멍하니 박현을 쳐다보았다.

『왜?』

"아, 아니……."

하붕거는 말도 제대로 내뱉지 못하다가 몸을 부르르 떨었다.

거대한 그의 힘이 너무나도 강렬하게 와 닿았기 때문이었다.

*   *   *

"누……가 죽어?"

뇌공은 눈을 껌뻑이며 물었다.

"충, 충이가 죽었습니다."

그와 친형제처럼 지내는 북야(北野)의 양중생이 어금니를 갈며 대답했다.

"진충이?"

"예, 대공."

"어느 놈이! 어느 놈이!"

뇌공이 소리를 지르듯 물었다.

"가면을 써서 상대를 알 수 없지만, 우두머리가 백우(白

牛)였답니다."

"백우, 백우란 말이지."

뇌공의 평온한 표정이 깨지고 야차의 얼굴이 드러났다.

"대공."

동검(東劍) 마광도가 진중한 목소리로 뇌공을 불렀다.

"말해."

"한 번쯤 의심을 해보는 것도 좋아 보입니다."

"의심?"

"백우란 존재 외에 나머지 인물들은 얼굴을 죄다 가렸다 했습니다. 백우를 제외하고는 특별히 십이지신의 모습도 보이지 않았습니다."

"그래서?"

"어쩌면 14K가 아닐 수도 있다는 것을 말씀드리는 것입니다."

"이봐, 마 형! 지금 무슨 소리를 하는 건가?"

양중생이 탁자를 내려치며 따지듯 말했다.

"왜? 백우, 그자만 얼굴을 밝혔을까? 아니 정확히는 그도 얼굴이 드러나지 않았지. 다른 이들도 신족으로 진신을 드러내지도 않았었고."

"당연히 14K가 우리의 뒤를 노리려 함이 아닌가!"

"그러니까 왜?"

"왜! 왜라니!"

"지금 14K는 외각룡과 피 터지는 싸움을 벌이고 있어. 그런 와중에 우리와도 척을 진다? 상식적으로 말이 되지 않아."

"그, 그거야……."

마광도의 말이 일리가 있었기에 양중생은 뭐라 반박을 할 수 없었다.

"하지만 그 말에도 빈틈이 있지."

서도(西刀) 양소산.

"사해방과 죽련방, 놈들은 뼛속까지 진무림 놈들이야. 인간 외의 신족을 받아들였을 리 없지."

양소산은 손가락으로 찻물을 적셔 다섯 점을 찍었다.

그중 둘을 손가락으로 훔쳐 지웠다.

"우리 사룡방도 아니고."

셋 남은 점 중 하나를 지웠다.

"남은 건, 14K와 외각룡."

톡, 톡.

"어느 곳일까? 하얀 소를 드러낸 곳이."

양소산이 씨익 웃으며 두 점 중 하나를 지웠다.

"외각룡?"

뇌공이 양소산을 보며 물었다.

"소신은 그저 있는 사실만 늘어놓았을 뿐입니다. 판단은 대공의 몫, 아니겠습니까?"

양소산은 능글맞은 표정으로 대답했다.

"눈에 보이는 건 한 마리 하얀 소."

뇌공이 고민을 입안에서 맴돌렸다.

"우리가 14K를 치면 가장 이득을 보는 곳을 의심해 볼 필요가 있겠군."

뇌공은 양소산을 쳐다보며 말을 이었다.

"금거산이 전부터 융통성이 컸지. 그 밑에 신족도 몇 있지?"

"그런 걸로 알고 있습니다."

양소산이 고개를 끄덕였다.

"그대 생각에 14K 같나? 아니면 외각룡 같나?"

"칠 할."

"칠 할? 생각보다 낮군."

"만에 하나, 제삼의 가능성도 있으니 일 할을 따로 떼어 놨습니다."

"그럼 칠 대 이인가?"

"예."

양소산의 대답에 뇌공이 깊은 생각에 잠겼다.

그리고 천천히 눈을 떴다.

"누가 나설 건가?"

뇌공이 마음의 결정을 내렸다.

"당연히 소신 아니겠습니까?"

북야 양중생이 은은한 분노를 드러냈다.

*   *   *

"사룡방이 외각룡을 치는군."

"예상한 바 아니었습니까?"

환영문 왕서방이 찻잔을 내오며 물었다.

"어느 곳이든 상관없었지."

"그렇군요."

왕서방은 고개를 끄덕이며 맞은편에 앉았다.

"흑야단이 산금방을 노리는 듯합니다."

"산금방?"

금거산의 중방.

"예."

"후방을 노리겠다는 뜻이군."

현재 14K와 정면으로 부딪힌 곳은 금검방과 그를 따르는 하방들이었다.

산금방이 그 뒤에서 금검방을 지원하고 있었다.

"산금방이 무너지면 금거산이 길길이 날뛰겠군."

"그리되면 3축 중에 2축이 무너지니, 눈물을 머금고 홍콩에서 물러날 것입니다. 상해는 지켜야 하니까요."

"물러나서는 곤란해."

박현이 미간을 찌푸렸다.

"셋이 피아 없이 얽혀야 하는데."

톡— 톡— 톡—

"사룡방의 칼날을 14K로 돌린다. 14K로……."

박현이 탁자를 손가락을 두들기며 생각에 잠겼다.

"왕 서방."

"예."

"흑야의 진신이 뭐지?"

"설원의 늑대입니다."

"늑대라."

자신이 변장할 수 있는 일족도 아니었다.

"흑야를 지워야겠군."

그리하면 알면서도 사룡방은 칼날을 14K로 돌릴 수밖에 없을 것이다.

드르륵—

박현은 의자를 밀며 자리에서 일어났다.

"홀로 움직이실 생각이십니까?"

왕서방이 박현을 따라 자리에서 일어났다.

"서로 생각할 시간이 없어야 하니까."

"흑야만이 아니군요."

왕서방은 박현이 흑야단 말고 다른 곳도 치려 한다는 것을 깨달았다.

"그나저나, 왕 서방."

"예?"

"형님들은 여전히 지켜 보신다냐?"

왕서방은 어색한 웃음으로 대답을 대신했다.

"거 참."

박현은 짧게 투덜거리며 그 자리에서 사라졌다.

* * *

달마저 지워진 칠흑 같은 어둠 속에, 새하얀 옷을 입은 마흔 명의 사내들이 빠르게 질주하고 있었다.

흑야라 불리는 설원의 늑대들이었다.

그리고 그들은 양중생이 이끄는 흑야단이었다.

툭—

아주 미세한 소리가 그들의 후미를 스치며 지나갔다.

"⋯⋯?"

뒤에서 달리던 흑야단 단원이 그 소리에 고개를 갸웃거렸다.

"왜?"

그 옆을 달리던 동료가 나직하게 물었다.

"무슨 소리 못 들었어?"

"무슨 소리?"

동료는 반문하며 귀를 쫑긋 세웠다.

쏴아아아—

들리는 소리는 어둠 속에 부는 바람 소리뿐이었다.

"착각한 모양이다."

"어울리지 않게 긴장을 한 모양이군."

동료는 단원의 가슴을 손등으로 툭 쳤다.

"이러다 뒤처지겠다. 서두르자."

대화를 나누느라 걸음이 늦어진 듯 무리에서 살짝 뒤로 밀려나 있었다.

그렇게 다시 바삐 달려나가는데.

툭—

다시금 뭔가 거슬리는, 아주 미세한 소리가 귀를 파고들었다.

단원은 슬쩍 눈길만 돌려 동료를 쳐다보았다.

여전히 앞만 보고 달리는 것을 보면 듣지 못한 모양이었다.

아니면.

'착각인가?'

단원은 미간을 슬쩍 찌푸렸다.

툭―, 투욱―.

그러나 미세한 소리는 불규칙적으로 그의 신경을 자극했다.

툭―

순간 쭈뼛 등골이 송연해졌다.

툭!

검은 무엇이 눈앞을 스치며 지나갔고, 단원은 그에 반응해 고개를 빠르게 옆으로 돌렸다.

"……!"

옆에서 나란히 달려가던 동료가 사라진 것이었다.

동시에 머리카락이 쭈뼛 섰다.

'그러고 보니.'

걸음을 멈추고 고개를 뒤로 돌렸다.

아무도 없었다.

분명 자신의 뒤에서 달려와야 할 동료이자, 일족의 어린 전사들이 없었다.

쏴아아아―

그리고 누런 눈빛을 가진 무엇이 자신을 덮쳤다.

"악!"

그가 할 수 있는 거라고는 아무것도 모르는 채 달려 나가는 동료들이 알아차릴 수 있게끔 최대한 크게 비명을 지르는 것뿐이었다.

선두에서 달리던 흑야의 우두머리, 양중생은 어느 순간 뺨을 꿈틀거렸다.

불길함에 발걸음을 멈추고 감이 이끄는 곳으로 고개를 돌렸다.

"악!"

단말마.

분명 짧게 끊긴 미약한 소리였지만, 그건 분명 단말마였다.

"캬르르르르!"

양중생은 날카로운 이빨을 드러내며 뒤로 튀어나갔다.

후미에 도착했을 때 단말마의 흔적은 없었다.

"두령."

이인자 양궁위가 옆에 섰다.

"뭔가 이상해."

툭—

그때 다시 등 뒤에서 낯선 소리가 들렸다.

그에 양중생이 재빨리 고개를 뒤로 돌렸다.

아무것도 없었다.

"……?"

이해하지 못할 행동에 양궁위가 고개를 갸웃거릴 때, 양중생의 눈이 부릅떠졌다.

"궁위!"

"예, 두령!"

이상한 건 이상한 거고, 명은 명이었다.

양궁위는 빠릿빠릿하게 대답했다.

"뒤로 번호!"

"하, 하나!"

그를 시작으로.

"둘!"

"셋!"

…….

"서른 다, 다섯……. 버, 번호 끝!"

마지막 단원의 보고에 양중생의 눈매가 일그러졌다.

마흔하나.

오늘 출정한 인원의 수였다.

툭!

검은 바람이 양중생 곁을 스치고 지나갔다.

"……."

바로 옆에 서 있던 양궁위가 그 자리에서 사라졌다.

"두, 두령!"

"바, 방금……."

그걸 본 이는 양중생만이 아니었다.

단원들도 보았다.

아니 정확히 본 이는 없었다.

그저 검은 바람 정도만 느낀 것이 다였다.

하지만.

"크르르르르!"

양중생은 고개를 나직하게 울음을 삼키며 하늘로 고개를 들었다.

그리고 보았다.

하늘을 가득 채우고 있는 커다란 검은 날개를.

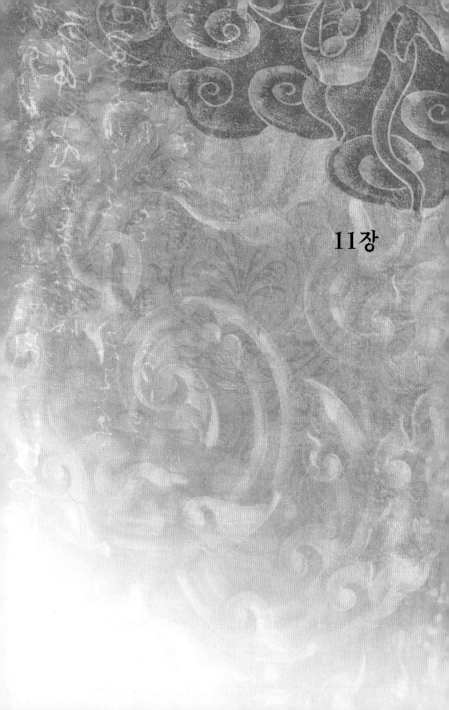

11장

　지직— 지지직—

　어둠을 밝히는 가로등이 흐릿하게 깜빡이는가 싶더니.

　파직!

　길가의 모든 가로등이 마치 도미노가 쓰러지듯 빠르게 불이 꺼졌다. 그리고 구름에 달빛마저 사라진 밤거리는 금세 어둠으로 물들었다.

　1초가량 될까.

　빛이 사라지며 시야가 잠시 잠겼다가 다시 풀렸다.

　'……!'

　하늘에 떠 있던 커다란 날개가 눈앞에서 사라졌다.

순간 자신이 착각한 것이 아닌가 싶을 정도였다.

분명 착각은 아니었다.

커다란 날개의 중심, 그곳에 분명 두 개의 누런빛, 안광을 분명 보았기 때문이었다.

"크르르르."

양중생은 모든 기감을 열며 빠르게 하늘을 살폈다.

아무리 달빛이 구름에 가려졌다 해도 완벽하게 빛이 차단된 공간이 아니었다.

늑대는 어둠 속에서도 사물을 또렷하게 볼 수 있는 힘을 가지고 있었다.

더욱이 검은 밤을 뜻하는 '흑야'라는 이름마저 메고 있지 않은가.

어둠 속에서는 호랑이도 무섭지 않은 게 설원의 늑대들이었다.

양중생은 번뜩이는 눈빛으로 하늘과, 그 사이로 삐죽삐죽 솟아난 건물들 사이를 살폈다.

슥— 툭.

그때 미세한 소리가 터졌다.

은밀히 따라와 자신의 신경을 건드렸던 그 소리.

그 소리의 숫자만큼 수하들이 사라졌다.

"카르르르르!"

소리가 난 곳과 하늘을 살폈다.

스으윽— 툭.

"……!"

이번에는 오른쪽.

스으으윽— 툭.

그 다음에는 왼쪽.

"서로 등을 지고 원진을……."

툭.

"꾸려라! 어서!"

그 명에 흑야의 늑대들이 양중생을 중심으로 원진을 꾸렸다.

"궁위부터 번호."

"하나."

양궁위가 먼저 번호를 불렀다.

"둘."

"셋."

"넷."

그렇게.

"……서, 서른 하, 하나. 버, 번호 끝."

마지막 번호를 부른 늑대는 목소리를 가늘게 떨며 점호를 바쳤다.

그 사이에 다시 넷이 사라졌다.

'젠장!'

욕지거리가 목구멍을 비집고 흘러나오려 했지만, 애써 입 안으로 다시 꾹꾹 밀어넣었다.

자신이 불안하면, 수하들이 불안하고, 자신이 흔들리면, 수하들도 흔들리기 때문이었다.

양중생은 입술을 지그시 깨물며 최대한 기감을 펼쳤다.

스으으으—

다시금 잡힌 적의 기척.

겨우 기척을 잡아낸 양중생이 원진 밖으로 툭 튀어나가 며 하늘을 쳐다보았다.

솨아아악—

그때 그의 다리로 서늘한 기운이 스치고 지나갔다.

'……!'

그 기운을 따라 고개를 아래로 내렸지만 아무것도 없었다.

하지만 분명 서늘한 기운이 느껴졌었다.

아주 빠르게.

툭!

그리고 다시 섬뜩한 기척이 바로 눈앞에서 모습을 드러 냈다.

"샤하아아악!"

뱀의 울음과 함께 거대한 몸이 머리 위로 모습을 드러냈다.

*　　　*　　　*

"……뭐라 했나?"

뇌공이 멍하니 물었다.

"대, 대공!"

그의 앞에 팔 하나와 옆구리가 뜯겨나간 채, 피투성이 흑야단 늑대가 힘겹게 엎드려 있었다.

"전멸, 후욱! ……했습니다."

흑야단 늑대는 힘겨운지 목소리가 툭툭 끊겼다.

"어찌!"

"모르옵니다."

"몰라?"

"후욱― 후욱. ……습격을 받아 정신을 잃었고, 정신을 차렸을 때는, 후욱―, 이미 형제들이 ……몰살을 당한 후였습니다. 전우의 시신들이 저를……, 끄으으!"

"누구나?"

흑야단 늑대는 힘에 겨워하며 겨우 고개를 들었다.

핏발이 선 눈으로 대답했다.

"검은 뱀, 흑사였습니다."

쿵!

"부디 형제들의 ……복수를 ……부탁……."

그 말을 끝으로 흑야단 늑대는 바닥에 처박히듯 허물어졌다.

그렇게 죽은 흑야단 늑대를 내려다보는 뇌공의 턱이 꿈틀거렸다.

차갑게 식은 눈이 감겼고, 잠시 뒤 그는 시퍼런 살기를 머금은 채 눈을 치켜떴다.

"마광도."

"너는 흑야의 형제들의 시신을 수습해."

"……."

마광도는 불만에 찬 눈으로 뇌공을 쳐다보았다.

"광도!"

"……예."

하지만 뇌공이 단호히 그를 부르자 마광도는 허리를 숙여 복명했다.

"양소산!"

"하명하십시오, 대공!"

양소산은 분노를 표출하며 대답했다.

"마카오를 지워라!"

"명!"

양소산은 살기를 풀풀 날리며 그 자리를 떴다.

*　　　*　　　*

새벽이 다가오고 있었지만, 여전히 캄캄한 밤.

마광도가 이끄는 동검단은 흑야의 마지막 생존자가 일러준 곳으로 빠르게 이동했다.

"……?"

하지만 마지막 늑대가 말한, 무덤이 되어버린 길목에는 아무런 시신도 없었다.

비릿한 피냄새에 마광도는 허리를 숙여 시멘트 바닥을 손으로 매만졌다.

끈적거리는 피가 만져졌다.

"주변을 뒤져!"

마광도의 명에 동검단 단원들이 빠르게 사방으로 흩어졌다.

"주변은 깨끗합니다."

"시신 한 조각 찾을 수 없습니다, 단주!"

주변을 살피고 돌아온 보고는 마강도의 뒷목을 간질였다.

계름칙함이 물씬물씬 피어났다.

마광도는 주변에 넓게 뿌려진 피를 보며 입술을 잘근잘근 씹었다.

*　　　*　　　*

희미한 빛이 어둠 사이로 스며들기 시작한 새벽.

"쿨럭!"

한 사내가 벽에 기댄 채 피를 토했다.

그는 14K 오두(午頭)였다.

저벅 저벅 저벅!

발걸음 소리에 오두는 자꾸 감기는 눈을 애써 부릅떴다.

"푸우—."

가쁜 숨을 내쉬며 고개를 들었다.

가장 먼저 눈에 들어온 건 붉은 카펫을 깐 듯 바닥을 붉게 적시고 있는 피였다.

자신의 피일까?

아니면 수하들의 피일까?

그 다음 보인 건, 수하들의 시신.

그리고, 발톱을 드러낸 검은 발.

하얀 줄무늬.

"……누구냐?"

오두는 자신 앞에 선 흑호를 올려다보며 물었다.

『본인?』

흑호, 박현은 오두를 내려다보며 씨익 웃었다.

『사룡방, 흑야의 우두머리, 양중생.』

"네가 양중생이라고? 크크크크, 쿨럭! 지나가던 개가 웃겠다."

오두는 웃으며 피를 토해냈다.

『맞아.』

박현은 아공간에서 반인반신 모습을 한 양중생의 시신을 꺼냈다.

그리고 오두 앞에 툭 던졌다.

축 늘어진 양중생의 시신을 보자 오두는 순간 어깨를 잘게 떨었다.

툭— 툭— 툭—

박현은 아공간에서 흑야의 늑대들을 꺼내 사방에 던졌다.

『그대는 양중생의 손에 죽는 것이지.』

박현의 말에 오두의 눈빛이 파르르 떨렸다.

『그러니 본인이 바로 양중생이 아니겠는가?』

"이 새끼……."

오두는 박현을 향해 팔을 뻗었지만, 부들부들 떨리는 팔은 이내 바닥으로 축 늘어졌다.

그에 오두의 몸도 서서히 옆으로 쓰러졌다.

그런 그의 눈에 해두(亥頭)와 묘두(卯頭)의 시신이 눈에 들어왔다.

'우마왕에게 이 사실을 알려야……'

마두의 생각은 끝을 보지 못하고 끊겼다.

*   *   *

저벅 저벅 저벅!

우마왕은 살기를 풀풀 날리며 걸어가 양중생의 머리통을 움켜잡아 들어올렸다.

퍼석!

그리고 한 손으로 바스러트렸다.

"이 새끼들이 감히 뒤통수를 쳐?"

쾅!

우마왕은 분노를 이기지 못하고 양중생의 시신을 발로 밟아 으깼다.

"외각룡이 사룡방과 손을 잡은 게 틀림없습니다."

축두(丑頭), 모우였다.

"우, 우마왕! 우마왕!"

그때 경박스러운 목소리와 함께 왜소한 체격의 신두(辰頭)가 다급히 뛰어왔다.

"크, 큰일 났어요!"

거친 숨을 몰아쉬는 신두, 성성(狌狌)이 긴 팔을 마구 휘둘렀다.

"마, 마카오가……."

"마카오가 왜!"

우마왕이 버럭 소리쳤다.

*   *   *

홍콩의 평온한 날들이 흔들렸다.

"도대체 무슨 일이 일어나는 거야?"

"그걸 난들 아나?"

"이거 무서워서 살겠나."

"경찰들은 뭐하는 거야? 진짜. 이러다 무고한 시민들이 죽어나가 봐야 정신을 차리려나. 에잉."

"그거 들었어?"

"뭐?"

"마카오에서도 난리라는데."

"마카오까지?"

"허—."

"진짜 흑사회가 터지긴 터졌구만."

"단순히 흑사회의 충돌이 아니라던데."

"그럼 뭔데?"

"삼합회, 그 삼합회 내부 충돌이래."

일반인들도 삼삼오오 모이면 이야기를 나눌 정도로 홍콩
의 분위기는 빠르게 차갑게 변해 갔다.

"이러다 본토 중공군이 넘어오는 거 아니야?"

"에이, 설마!"

갖갖이 유언비어가 구름처럼 둥둥 떠다녔다.

그중 진실에 근접한 말들도 있었다.

우연의 일치이거나, 혹은 제법 날카로운 통찰력이거나.

*　　　*　　　*

홍콩 행정장관, 카일리 람은 은밀히 선전시 모처에 자리
하고 있었다. 그녀 곁에 홍콩 경찰들의 수장인 경무처장,
해리스 탕이 함께하고 있었다.

"무슨 일로 중앙에서 불렀을까요?"

    카일리 람은 조금은 긴장한 목소리로 자신의 오른팔인
해리스 탕에게 물었다.

"삼합회 때문이 아닌가 싶습니다."

해리스 탕이 입술을 씹으며 대답했다.

"흠."

삼합회 때문에 골치 아프기는 카일리 람도 매한가지.

문제는 그녀가 삼합회의 다툼에 손을 쓸 수 없다는 것이
었다.

이러지도 못하고 저러지도 못하는 상황이었다.

"아무래도 진무림 쪽에서……."

"홍콩 행정장관이나 되는 이가 입이 이렇게 가벼워서야,
쯧."

갑자기 들려온 목소리에 카일리 람은 눈을 동그랗게 떴다.

그건 해리스 탕도 매한가지였다.

둘은 떨리는 눈으로 자신들의 앞으로 시선을 옮겼다.

분명 아무도 없던 자신들의 맞은편 자리에 한 사내가 앉
아 있었다.

"누구……."

"나?"

그 물음에 카일리 람은 저도 모르게 고개를 끄덕였다.

"감이 너무 없는 거 아니야?"

삭—

사내는, 아니 사해방 방주 당철중은 단도를 품에서 꺼냈다.

시퍼런 날에 카일리 람이 흠칫 몸을 떨었다.

사각—

그는 그 사이 살짝 자란 손톱을 칼날로 다듬기 시작했다.

"며칠 사이에 테러가 일어날 거야."

"테, 테러 말씀이십니까?"

아무래도 홍콩의 치안을 맡고 있는 해리스 탕이 놀란 듯 되물었다.

"겸사겸사 삼합회 쪽 싸움에서 일반인들의 피해도 좀 볼 거고."

아무렇지 않게 말하는 당철중과 달리 해리스 탕의 표정은 한껏 굳어져 있었다.

"우리 애들."

"우리 애들이라니."

해리스 탕의 고개가 급히 옆으로 돌아갔다.

그곳에 또 다른 사내가 서 있었다.

"우리 애들이오. 그쪽 애들이 아니라."

또 다른 사내, 단우백이 빈 의자에 앉았다.

"기동대 몇 자리를 비워놔 주게."

"기동대 말씀이십니까?"

"그들이 삼합회를 칠걸세."

해리스 탕이 마른 침을 꿀떡 삼켰다.

"넉넉히 자리를 비워둬. '우리' 애들도 갈 테니까."

"예, 옙!"

해리스 탕이 얼른 대답했다.

"예상하지? 더 시끄러워질 거라는 걸. 소문이 현실이 될 테니까."

그 말에 해리스 탕은 마른 침을 꿀떡 삼켰다.

"공권력을 넘어선 삼합회. 참으로 재미있지 않나?"

당철중이 이죽이며 말을 덧붙였다.

"하, 하면……."

카일리 람이 떨리는 목소리로 물었다.

"혹여 오면서 보지 못했나?"

당철중은 그런 그녀를 바라보며 하얀 이를 드러냈다.

"진압 훈련을 하는……."

인민무장경찰부대.

"하, 하지만."

아무리 자랑스럽고 용맹한 군대라고는 하나.

삼합회는…….

순간 입을 열었던 해리스 탕은 날카로운 당철중의 눈빛에 바로 입을 닫았다.

지금 훈련하는 인민무장경찰부대는 그가 알고 있는 그 인민무장경찰부대가 아님을 깨달은 것이었다.

"똑똑한 친구군."

"가, 감사합니다."

해리스 탕은 급히 허리를 숙였다.

"이름이……."

"해리스……, 등낭평입니다."

해리스 탕은 익숙하게 사용하는 영어식 이름으로 소개하다, 급히 중국식 이름으로 바꿔 대답했다.

"아직 서방의 때가 묻어 있군."

당철중이 눈가를 찌푸리며 혀를 찼다.

"죄, 죄송합니다."

"그리 알고 나가 봐."

더는 말을 나누기 싫다는 듯 당철중은 둘은 내쫓듯 축객령을 내렸다.

그에 둘은 화들짝 방을 빠져나갔다.

"그나저나 진무림은 언제 움직인다든가?"

그들이 나가자 당철중이 소림, 무당, 화산의 동태에 대해서 물었다.

"분위기를 봐서는 이삼일 이내일 듯싶소."

"당장 준비해야겠군."

당철중이 씨익 웃었다.

"당 형."

"낄낄낄, 그대가 나를 그리 부르니 낯이 간지럽군."

당철중의 농에도 단우백의 표정은 바뀌지 않았다.

"거 참, 재미없는 친구 같으니라고."

당철중은 농을 거뒀다.

"약속, 지키시오."

"암암! 지키지. 소림 땡중의 대가리하고, 중경."

"그 둘이 내 손에 쥐어 줄 때, 그때가 우리가 진정 손을 잡는 것이외다."

"거 참."

당철중도 얼굴을 굳혔다.

"이봐, 단 형."

당철중이 으르렁거리듯 단우백을 불렀다.

"나 몰라? 나 당철중이야."

그리고는 보란 듯이 하얀 이를 드러내며 웃음을 보였다.

"그래도, 양호의 목은 그대가 따야 해. 알지?"

"걱정 마시오. 북천단이 이를 갈고 있으니까."

섭대곡의 복수, 그걸 바라는 건 비단 자신만이 아니었다.

경찰기동대 특별전술대 제3소대, 대원이 출근하자마자
받은 명령은 내근 근무였다.

의아함이 들었지만, 일단 명령을 따라야 했기에 기동복
이 아닌 일반 근무복으로 환복할 때였다.

"도대체 무슨 일이래?"

"난들 아나?"

"벽보에 붙은 명령서 보니까, 전 대원 내근 명령이 내려
왔던데."

"전 대원이? 다?"

"그렇다더라고. 대장도 내근 명령 떨어졌어. 일단 경무
처장님 뵈러 올라가던데."

의아했지만 일단 내려온 명령이 있으니 근무복으로 막
갈아입을 때였다.

"내근은 또 무슨 소리야?"

간신히 지각을 면한 동료가 안으로 들어오며 큰소리로
물었다.

이미 입을 털 만큼 턴 상황이라 다들 시큰둥하게 한 귀로
흘리려는데.

"밖에 저놈들은 또 뭐고?"

이어진 말은 대원들의 귀를 쫑긋 세우게 만들었다.

"밖에 놈들이라니?"

"밖에 우리 특전대 기동복 입고 대기하던 놈들이 있던데. 처음엔 내가 모르는 소집이 있나 싶어 식겁했다니까. 허겁지겁 달려갔는데, 우리가 아니데?"

그 말에 모두는 대동소이하게 눈을 껌뻑이다가 우르르 복도로 뛰어나갔다.

그리고 창문 아래 연무장을 쳐다보았다.

"진짜네."

연무장을 채우고 있는 이들은 특별전술대 제3소대였다.

대원들은 소대 표식을 통해 알아차릴 수 있었다.

"우리 기동대에서 잘린 건가?"

"그냥 대기 아니야?"

"그런데 우리 기동복을 저들이 입고 있잖아."

"뭐가 어떻게 된 거야?"

또 다른 누군가의 신음이 흘러나왔다.

"왜 이렇게 시끄럽나!"

복도 끝에서 걸걸한 목소리가 터져 나왔다.

바로 특별전술대 제3소대장이었다.

"전체, 차렷!"

1분대장의 구호에, 중구난방으로 떠들던 소대원들이 일

제히 차렷 자세를 취했다.

"경례!"

척!

뒤꿈치를 치며 경례를 올렸다.

"쉬어."

"쉬엇!"

소대원들은 뒷짐을 지며 쉬어 자세를 취했지만 흐트러짐이 없었다.

부동자세로 소대장의 목소리에 귀를 기울였다.

"5분, 환복 후, 강당으로 집결."

"집결!"

분대장의 후창 이후, 대원들은 빠르게 흩어졌다.

5분 후.

소대장이 강단에 올랐을 때, 오십 명의 대원들이 한 치의 흐트러짐 없이 자리하고 있었다.

"경례는 생략하지."

소대장은 자리에서 일어나려는 1분대장을 다시 자리에 앉힌 후, 대원들을 쳐다보았다.

그들을 바라보는 소대장의 눈은 착잡하기 그지없었다.

'휴우—.'

소대장은 속으로 깊은 한숨을 내쉬었다.

어찌 되었든, 자신은 홍콩 경찰청 소속이었고, 내려온 명령은 따라야 했다.

"주목."

소대장은 착잡한 마음을 숨긴 채 묵직한 목소리로 입을 열었다.

"당분간 우리는 교통⋯⋯."

그 시각.

연무장 단상 쪽에 다섯 명의 사내가 자그만 원을 그린 채 모여 있었다.

소대장과 분대장 넷이었다.

물론 그들은 정식 경찰이 아니었다.

소대장과 분대장 셋은 사해방에서 파견된 이들이었고, 나머지 분대장 한 명은 바로 북천단주 고홍이었다.

"이렇게 인사를 나누게 될지 몰랐군. 나 남궁광한이오."

남궁세가의 청천단을 이끄는 남궁세가의 세 개의 검 중 하나였다.

"그리고 우리 조장들."

"고홍이라고 하오."

고홍은 남궁광한의 소개를 통해 청천단 조장들과도 인사

를 나눴다.

"듣자 하니 고 단장은 따로 할 일이 있다 하던데."

"그렇소.

"고 단장은 어찌할 생각이오?"

"무얼 말이오?"

"우리와 함께 움직일 것인지, 아니면 처음부터 따로 움직일 것인지."

남궁광한의 말에 고흥이 짧게 고민에 잠겼다.

"동선이 엉킬 수 있으니 일단 함께 움직입시다. 그리고 무엇보다 홍콩 내 정보도 필요할 터이니."

"잘 부탁하오."

남궁광한이 웃으며 손을 내밀었다.

고흥은 그 손을 잡아 굳게 악수를 나눴다.

*　　*　　*

"남궁세가의 창천단과 북천단이 홍콩 기동대에, 개방은 인민무장경찰부대로 위장해 선전시에서 대기."

박현은 하오문이 보낸 현 시각 홍콩 동향이 적힌 보고서를 쭉 읽어내려 갔다.

"본격적으로 홍콩을 아수라장으로 만들 생각이군."

조완희가 앞으로 펼쳐질 상황을 어느 정도 추측했다.

"이 정도면 외각룡은 모르겠지만 14K와 사룡방이 너무 불리한 거 아니야? 아차하면 한순간에 밀리겠는데."

"상관없어."

"……?"

"홍콩에 들어온 이상 아무도 살아서 나가지 못할 테니까."

박현이 보고서를 손 안에서 태워 없앴다.

"일단 불씨를 좀 더 빠르게 키워볼까?"

박현이 자리에서 일어났다.

"형님, 소붕!"

박현은 최길성과 하붕거를 불렀다.

"다들 준비시켜."

"……?"

"경찰을 건드려야겠어. 그래야 이놈들이 무거운 엉덩이를 일찍 뗄 테니까."

박현이 눈빛을 반짝이며 말했다.

*용어

1) 성성(狌狌): 산해경, 남산경 첫산 소요산에, 흰 귀를 가진 긴꼬리 원숭이가 산다. 평소에는 기어 다니지만 사람처럼 걷거나 달리기도 한다고 한다.

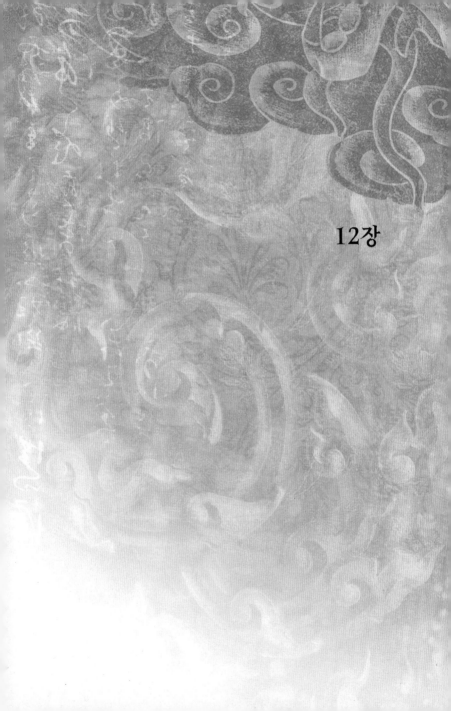

12장

침사추이 번화가.

20m 정도 거리마다 기동대원이 가벼운 무장으로 서 있었다.

다른 곳은 몰라도 침사추이만큼은 삼합회의 충돌을 막겠다는 의미였다.

물론 그건 어디까지나 일반인들의 시선을 위함이었고.

실질적인 이유는 따로 있었다.

그건 바로, 공격.

직접적인 테러 대상이 되기 위함이었다.

물론 그 대상이 남궁세가나 북전단은 아니었다.

"하암."

그래서일까, 남궁세가 소속인 무인인 건홍청은 한편의 연극이 지루한 듯 하품을 쩍 내뱉었다.

『홍청!』

전음이 그의 귀를 때렸다.

『너 이 새끼, 정신 똑바로 안 차려?』

경찰기동대 특별전술대 제3소대 1분대, 그러니까 창천단 1조장의 호통이 바로 이어졌다.

그 목소리에 건홍청은 바로 부동자세를 취했다.

절도를 갖춘 자세와 달리 건홍청의 입술은 댓 발 나온 채였다.

어차피 자신은 바람잡이였다.

혹여 작전에 실수가 있다 하더라도, 자신은 자랑스러운 남궁세가의 무력집단인 창천단의 단원이었다.

누가 자신을 해할까.

하지만 건홍청은 기어나온 입술을 재빨리 수습했다.

말단의 비애라고는 할까.

건홍청은 부동자세로 서서 멍하니 이런저런 생각을 하며 시간을 때우기 시작했다.

그러다 생각이 끊기면 오가는 젊은 여자들의 짧은 스커트 구경을 하며 시간을 때워나갔다.

그런 그의 곁으로 아이 여럿이 뛰어가다 한 아이가 그만 건홍청의 다리에 어깨가 부딪히며 바닥으로 넘어졌다.

"소천아!"

뒤에 엄마로 보이는 여인이 뛰어와 아이를 일으켰다.

"죄송합니다."

건홍청이 미간을 찌푸리며 한 소리 하려는데.

철썩!

"너는 어! 엄마가 사람 많은 데서 뛰어다니지 말라고 했어? 안 했어? 사람들한테 피해 주지 말라고 했지!"

철썩—.

엄마는 아이의 등을 제법 세게 후려치며 끝없는 잔소리를 늘어놓기 시작했다.

"으아아앙!"

당연히 아이는 울음을 터트리며 한순간 분위기가 어수선하게 바뀌자 건홍청은 뭐라 한 마디 던질 틈이 사라졌다.

"쯧."

그저 혀를 한 번 차며 못마땅함을 드러낼 뿐이었다.

"아이구, 죄송합니다."

엄마가 그래도 눈치는 있는지 사과를 한 번 더 한 후 아이를 데리고 재빨리 사라졌다.

건홍청은 이이가 부딪혔던 부분을 마치 먼지를 털 듯 손으로 툭툭 친 뒤 다시 정면으로 시선을 가져갔다.

그런 그의 등 뒤에 자그만 부적 하나가 붙여져 있었다.

그리고 얼마 지나지 않아 그의 곁으로 한 사내가 붙었다.

모자를 깊게 쓴, 하붕거였다.

그는 뒤춤에 꽂은 단검을 조용히 움켜잡았다.

그리고 보도블럭에 발이 걸린 듯 휘청이며 건홍청에게 어깨를 부딪혀 갔다.

"아, 진짜 오늘 재수가 없으……."

건홍청은 눈을 부라리며 자신과 부딪힌 이를 쳐다보았다.

하지만 모자를 깊게 눌러쓴 터라 얼굴이 보이지 않았다.

"야!"

건홍청은 자신이 지금 경찰임을 떠올리며 우악스러운 목소리로 그를 불렀다.

"너 모자 벗고, 신분증 내놔 봐."

건홍청은 심심하던 차에 잘되었다는 듯 짓궂은 눈빛을 띠며 손가락으로 하붕거의 가슴을 툭 찔렀다.

그에 하붕거가 고개를 들었다.

"어라? 가면?"

건홍청은 어이없다는 듯 하붕거를 내려보다 순간 표정이 굳어졌다.

싸늘한 눈빛, 그건 일반인의 눈빛이 아니었다.

"씨발!"

건홍청은 갈무리했던 단전을 깨우며 재빨리 뒤로 물러나려 했다.

하지만.

"……!"

마치 무언가가 두 발을 바닥으로 끌어당기는 듯 좀처럼 발이 떼어지지 않았다. 아니 두 발만이 아니었다. 심해에 풍덩 빠진 듯 온몸이 무거웠다.

그렇게 홀로 시간의 축이 어긋난 듯 허우적거릴 때, 그는 뜬 눈으로 보아야만 했다.

자신의 배로 파고드는 단검을.

푹!

살을 파고드는 느낌이 선명했다.

하지만 왜인지 고통이 느껴지지 않았다.

그것은 단순히 그의 인지의 오류가 준 시간적 차이였을 뿐.

"꺼억!"

곧 지독한 고통이 온몸을 휘감았다.

비명이 터져 나왔지만, 하붕거가 교묘한 자세로 그를 덮으며 입을 막았다.

건홍청은 몸을 잠시 부르르 떨며 축 늘어졌다.

하붕거는 그의 등에 붙은 부적을 떼며 재빨리 인파들 사이로 사라졌다.

삐이익—

그와 동시에 호루라기 소리가 길게 터졌다.

* * *

"몇이나 당해?"

남궁광한은 기가 차다는 듯 되물었다.

"일곱입니다."

"그러니까, 넷이 침사추이 시내 한복판에서 눈뜨고 죽었다고?"

"……입이 두 개라도 할 말이 없습니다."

창천단 3조장 검경인이 입술을 지그시 깨물며 허리를 숙였다.

"3조가 당해도 어이가 없는데."

남궁광한은 1조장 남궁형보와 2조장 막평을 쳐다보았다.

"다, 다섯입니다."

"셋입니다."

막평과 남궁형보가 차례로 보고했다.

"휴우—."

남궁광한은 한숨을 내쉬며 고개를 돌려 고흥을 쳐다보았다.

처음에는 고흥을 의심했었다.

하지만 아니었다.

"흔적을 쫓고 있으니 조금만 기다리시지요."

고흥도 난감해하는 표정을 애써 숨긴다고 숨겼지만, 온전히 숨기지는 못했다.

그때 외부단주 하석이 안으로 들어왔다.

"찾았나?"

"꼬리를 찾았지만 몸통은 확인하지 못했습니다."

고흥과 남궁광한의 표정이 굳어지려 할 때.

"하지만 그림자는 보았습니다."

희미한 끈을 발견했다는 뜻.

"누군가?"

남궁광한이 싸늘한 목소리로 물었다.

"사룡방입니다."

"사룡방?"

고흥의 목소리가 일순간 높아졌다.

"확실한가?"

분명 몸통을 보지 못했다 했지만 그 사이 잊은 듯 고흥이 다시 물었다.

"습격을 가한 이들의 흔적이 사룡방의 동검과 서도의 관할지로 이어졌습니다."

그 말에 고흥이 눈빛을 발하며 남궁광한을 쳐다보았다.

"사룡방이 눈치를 챈 모양이오."

남궁광한이 차갑게 웃었다.

"다른 곳의 계략일 수도 있습니다."

하석이 만에 하나를 짚었다.

"그럴 수도."

남궁광한은 하석의 말에 반대하지 않았다.

"어쩌면 하 부단주의 말이 맞을지도 모르오."

"하온데 어찌……."

하석의 의문에 남궁광한이 차가운 웃음을 드러냈다.

"별 의미 없으니까."

남궁광한은 고흥을 쳐다보았다.

"안 그렇소?"

고흥과 하석은 남궁광한의 말에 담긴 뜻을 알아차렸다.

"문도들의 죽음이 애석하지만, 이걸로 자연스럽게 참전할 명분이 생겼군요."

남궁광한이 고흥을 쳐다보았다.

"예정된 일을 진행하지요. 좀 더 키워서."

남궁광한의 목소리는 눈빛만큼이나 냉정했다.

"인민무장경찰부대가 수월하게 들어올 수 있을 만큼."

*　　　*　　　*

뉴스 속보! 삼합회 충돌! 또다시 경찰 사망!

TV 화면 아래 긴급 자막이 몇 분 흐르더니, 이내 정규 방송이 꺼지고, 뉴스 데스크로 바뀌었다.

"뉴스 속보입니다. 오늘 오전, 극심해진 삼합회의 충돌에 시민들의 안전을 위해 거리로 출동했던 자랑스러운 기동대 소속 경찰들이 또다시 삼합회에 살해되었다는 소식입니다. 자세한 사항은 현장에 나가 있는 취재기자에 연결해 자세한 소식을 들어보겠습니다."

남자 아나운서의 말이 끝나고 화면이 침사추이 시내 한복판으로 옮겨갔다.

"현재 참혹한 현장에 나와 있는 만연화 기자입니다."

"자세한 설명 부탁드립니다."

남자 아나운서 목소리에 여자 기자가 마이크를 좀 더 움켜잡으며 입을 열었다.

"예. 어제에 이어 오늘도 기동대 대원이 삼합회의 충돌에서 시민들을 구하기 위해 거리로 나섰다가 또다시 참혹하게 살해되는 사건이 발생하였습니다……."

틱—.

박현은 뉴스를 TV를 껐다.

"홍콩 행정부가 작정하고 사건을 키우고 있습니다."

왕서방이 박현을 향해 보고를 하듯 입을 열었다.

"중앙당하고 입을 맞췄겠지."

"며칠 전 카일리 람 행정장관과 해리스 탕 경무처장이 조용히 선전시를 방문했습니다. 아마 그때 말을 맞춘 게 아닌가 싶습니다."

"조만간 인민무장경찰부대가 홍콩에 들어오겠군."

"그런 분위기를 만들어내기 위해 홍콩 행정부가 언론을 움직이고 있습니다."

박현은 고개를 끄덕였다.

"그리고 재미난 사안을 발견했습니다."

"재미난?"

박현이 눈을 반짝였다.

"기동대로 변장한 게 사해방의 남궁세가만이 아니었습니다."

"……?"

"북천단도 그들과 함께하고 있습니다."

"북천단?"

"예."

"그러니까 북천단이 남궁세가와 함께 움직이고 있다?"

"그렇습니다."

박현이 피식 웃음을 삼켰다.

"사해방과 죽련방이 손을 잡았다? 둘이 손을 잡을 수 있는 사이던가?"

"정확히는 죽련방의 북주가 사해방과 손을 잡은 것으로 보입니다."

"북주가 사해방과 손을 잡았다?"

죽련방은 다른 상방과 달리 내부가 매우 복잡했다.

견원지간까지는 아니지만 서로 어울리지 못하는 두 개의 집단, 아니 정확히 대만의 남무림맹까지 세 개의 집단이 함께하고 있었다.

물론 대만에 자리 잡은 남무림은 반쯤 떨어져 나간 상황이기는 하지만, 어쨌든 표면적으로는 그들과 함께였다.

다시 죽련방으로 돌아가서.

"북주, 그러니까 북천문이 결국 돌아섰단 말이군."

"그렇습니다."

왕서방이 고개를 끄덕였다.

"어차피 이만큼 함께 온 것도 용하다 여기던 잠이었습

니다. 그만하면 북주의 인내심이 매우 깊다 평할 정도입니다."

"그런 인내심이 결국 끝을 다한 거고."

박현이 소파에 몸을 기댔다.

"홍콩에서 일단 끝을 봐야겠군."

박현은 조용히 눈을 감았다.

'그 다음에는 본토다.'

박현의 차가운 살기가 조용히 이빨을 드러냈다.

그리고.

왕서방은 그런 박현을 날카로운 시선으로 쳐다보고 있었다.

＊　　＊　　＊

중국 어느 모처.

포뢰와 공복, 금예가 조용히 술잔을 나누고 있었다.

"아니, 큰형님은 무슨 생각으로 이러시는 건지."

금예가 투덜대며 술잔을 입안으로 털어 넣었다.

"흠."

공복도 별다른 말은 하지 않았지만, 불만 어린 표정마저 지우지 않았다.

"형님!"

금예가 잔에 술을 따르다 말고 술병을 탁자에 찍듯 내려 놓으며 포뢰를 불렀다.

"답답하긴 나도 매한가지다."

포뢰도 복잡한 눈으로 술잔을 들었다.

"도대체 큰형님은 무슨 생각을 하시는 것인지."

포뢰는 고개를 저으며 술잔을 들었다.

"공복아. 금예야."

포뢰는 술잔을 비우며 두 동생을 불렀다.

"예."

"예, 형님."

"상황이 이렇다 해도 오룡에 대한 눈길을 소홀히 하지 말아라. 여차하면 움직일 수 있게."

포뢰의 말에 공복과 금예의 눈에 웃음이 만들어졌다.

"예."

"당연합죠."

그런 웃음에 포뢰는 담담하게 고개를 끄덕이며 둘의 술 잔을 채워주었다.

그 시각.

서울, 이면의 암전.
스워드 바.
굳게 닫힌 바 안에 비희와 이문이 마주하고 있었다.
"형님."
"……."
이문이 그를 불렀지만 비희는 입을 열지 않았다.
"형님!"
이문이 답답하다는 듯 그를 다시 불렀다.
하지만 비희는 아무런 말이 없었다.
"형니임!"
급기야 이문이 화를 내듯 그를 불렀다.
"나 귀 안 막혔다. 그만 소리 질러."
비희가 이문을 바라보며 나직하게 말했다.
"이런 것에 흔들릴 형님이었습니까? 예?"
이문은 앞에 놓인 서류를 손바닥으로 툭 쳤다.
"그놈이 잘하는 게 진실 속에 교묘한 거짓을 섞는 겁니
다."
"안다."
"안다면서 지금 이러시는 겁니까?"

"내가 알고자 하는 건, 진실. 그 진실 하나뿐이다."

"그러니까요! 그 진실!"

이문이 소리를 버럭 질렀다.

"아버지의 죽음도 알아냈고, 흉수도 알아냈습니다. 남은 건 아버지의 복수뿐이지 않습니까!"

"……."

"그 복수를 막내, 우리의 적자 홀로 하고 있구요!"

"……."

비희는 다시 입을 굳게 닫았다.

"형님!"

쾅!

이문이 자리를 박차고 일어나 탁자를 양손으로 내려쳤다.

탁자를 내려친 이문의 양손 사이로 놓인 서류가 펄럭였다.

그 서류 앞장에는 미국을 상징하는 흰머리독수리가 새겨져있었다.

하지만 미국 공식 인장인 The great seal of u.s.와 모양이 살짝 달랐다.

미국을 상징하는 흰머리독수리의 심벌은 같았으나, 그 주변을 두른 상징이 달랐다.

붉은 띠.
불타오르는 화염의 띠가 둘러져 있었다.

미국의 지배자, 피닉스의 인장이었다.

〈다음 권에 계속〉